從天而降的小屋

張經宏◎著
徐至宏◎圖

1

黃昏的校園裡，同學們都已經回家，只剩下田徑隊的小朋友在操場上跑步。

「快點！」

一聽見教練的喊聲，他們趕緊加快步伐，往前面的跑道奔去。

跑在最前頭的，是個大眼睛短頭髮的男生，他的腳步跨得很大，速度也快，跑起來像在飛一樣。一通過教練面前，他開始放慢腳步，臉上露出輕鬆的微笑。後面的同學起碼落後他半圈，各自拚著力氣朝終點跑去。

「加油！」男孩站在跑道邊，一邊擦汗一邊大聲喊。他伸

出手，和身邊通過的同學一一擊掌。

「真厲害，」跑在他後頭的同學，兩手按住膝蓋，不住喘氣地說：「你怎麼會跑這麼快？」

「就放輕鬆跑啊。」男孩紅潤的臉頰映照夕陽的光。

休息幾分鐘後，同學們圍成一個圈，各伸出一隻手掌交叉疊起，彼此看著對方大喊：「加油！加油！加油！」

樹上的鳥被這清亮的喊聲嚇得四處亂飛，鑽進附近的樹叢躲起來。同學們揹起樹下的書包，準備回家。

「林柏森——」

大眼睛男生聽見教練喊他，轉身往樹下這邊走來。

「六木，我們先回去了，再見！」因為名字裡有六個木，同學們都這樣叫他。

六木望著教練，他已經快跟教練一樣高，聲音開始有些低沉：「老師，有什麼要改進的？」

教練看著他腳下那雙滿是黃土的運動鞋，鞋頭還破了一個洞，隱約可見藏在裡面的腳趾頭，先是搖頭，接著問他：「有沒有信心跑出全市第一？」

六木很驚訝地看著教練。他只知道再過半個多月，就要參加全市運動會，到時候，他將和幾十個學校的學生在運動場上一決高下。至於名次，他從來沒想過。

「你跑步的時候都在想什麼？」

被教練這麼一問，六木不知怎樣回答。教練繼續說：「我看你跑步的時候一直微笑，好像很開心的樣子。」

六木搔頭想了一下，跑步時腳底的土地踩起來特別柔軟、

有彈性，彷彿踩踏在雲端。每次這種感覺一出來，跑起來特別輕鬆，每踩一步，腳下泥土的彈力像要把他整個人推向空中。

這種輕鬆自在的感覺，讓他覺得自己像是在飛，不是在跑步。心裡奇妙的感受，六木不知道要怎樣跟教練說，只是傻笑。

「老師帶過許多學生參加比賽，像你這麼優秀的運動員，這幾年倒沒遇見過，你可要好好加油！」

六木的臉一下子脹紅起來，聽教練這樣說固然開心，心裡還是有些疑惑。雖說同學裡就他跑最快，但一出去外面跟人家比，真的有那麼強嗎？

「怎麼樣？要對自己有信心啊。」

「嗯。」

「今天下午我聽校長說，家長會開會通過，只要拿到前幾

名，都會頒給獎金，聽說第一名可以拿到三千塊。」

「如果你跑第一，接下來還可以代表全市參加區運會，替學校爭光，到時候我再幫你爭取更多獎學金。不過——」說到這裡，教練又看了他鞋子一眼。

「你這雙鞋也該換了。我常常在想，如果你有一雙好鞋，成績應該更出色吧？」

六木看著腳趾微露的鞋頭。

「沒關係。」教練拍拍他的肩膀，似乎猜中他的心思：「如果只是為了拿第一，要多花錢買鞋，這種比賽也沒什麼意思。」

教練露出難得的慈祥笑容：「我有個朋友在市區開運動用品店，昨天我去拜訪他，他二話不說指著展示櫃要我自己挑，他想贊助你。明天我帶你過去試鞋子，怎麼樣？趁這兩個禮拜，趕緊跟新鞋子培養感情吧！」

「可是……」雖然教練的話讓他開心，六木想，還是先跟父母親商量才好。再說，萬一沒有跑出教練期待的成績，那不是很對不起人家？

「就這麼說定了。明天我載你過去，騎車一下就到了，不會很遠。」

跟教練道別後，六木揹起書包，往回家的路奔去。

他開心地邊走邊跳，夕陽將他的臉映照得更加通紅。他的腳步輕快，一邊跑一邊跳，像在飛一樣。

快到巷子口，六木放慢腳步，遠遠看見家門前站一個婦人，兩隻手各握住一截東西，說話的聲音幾十步外都聽得一清

二楚。

「你家老二把我兒子的模型超人弄壞了，」婦人把手上的東西舉高：「這一個要兩千塊哩。」

母親看了一眼斷成兩截的超人：「這種外面夜市也有在賣，才兩百五哩。」

「什麼？」婦人的眼睛像隻金魚凸出來，嗓音突然拉高：「這是在百貨公司專櫃買的，不信我拿產品證明給妳看。弄壞人家的東西要賠，這道理你們沒教嗎？反正你們要給我弄一個新的來。」轉身氣呼呼離開，「我還會再來。」

「那種東西有這麼貴嗎？」母親一臉疑惑，轉頭朝屋裡喊：「不要躲了，給我出來！」

門板後的弟弟探出半顆頭，小聲地說：「不是我弄壞的啦。」

「還講——」母親罵他：「只會給我惹事，生雞蛋沒，拉雞屎有。看你爸爸回來怎麼修理你。」

弟弟吐了一下舌頭，整個人縮進屋內。

「去哪邊生兩千塊出來？」母親走進屋裡喃喃自語。

「媽——」六木喊她。

「怎麼？」

「沒，沒事。」

「沒事趕快進來吃飯吧。」

六木本來要告訴她，下個月的比賽，跑得好的話有獎金，但又想到運動鞋的事，一下子不知道怎樣開口。母親已經穿好外套，往門外走去：「我要去街上麵攤那邊幫忙，你父親還沒

吃，留一些給他，記得幫忙洗碗。」往巷子口走去，背影漸漸地消失在夜色中。

「跟你講要聽話一點。」六木對飯桌邊發呆的弟弟說。

「又不是我弄壞的。」弟弟說：「是隔壁班那幾個同學過來搶，掉到地上被他們踩斷，他們全怪到我頭上。」

「哪一個踩的你有看到？」

「就鞋廠老闆的兒子銀雄啊，你也知道同學都很怕他，他說是我，他們就跟著說是我。」

「這個壞蛋，你不要再去惹他，安分一點，爸爸還在他家工廠裡上班哩。」

「我沒有啊——」弟弟還沒說完，被六木打斷：「夠了，你要等爸爸回來打你？」

兩兄弟吃完飯，洗好碗筷，水龍頭一關掉，水槽裡嘩嘩的水聲消失，整間屋子安靜下來。

「要不要出去走走？」六木問弟弟。

「嗯。」

六木關上前門，兄弟倆從屋後出去。

「媽媽好不容易才找到工作，之前爸爸的腿又不小心被摩托車撞到，雖然已經回到工廠上班，不過被扣了半個月薪水，這些事已經夠他們煩了，你要乖一點啊。」六木回頭對弟弟說。

「嗯。」弟弟踢著地上的石頭說。

他們家後方，沿著巷道走到底轉個彎，穿過一片竹林，眼前出現一條沿著溪流蜿蜒的河堤。兄弟倆快步衝上堤面，迎面而來的溪風吹得人神清氣爽，天上的星星微笑地閃爍。

這條溪只有河床中間淺淺的溪水流過，兩岸都是一大片芒草，一靠近溪岸，草叢裡巨大的身影騰空而起。幾隻夜鷺飛遠後俯衝而下，貼著溪面點水滑行。

「你看！都白了。」弟弟指著隨風搖動的芒草，白茫茫一片像安靜的夜霧。

「嗯，秋天到了。」

這附近到了晚上一向沒什麼人，今晚河堤遠處有幾個人奔跑，不時有人喊叫，是個小女生的聲音。

他們靠近一看，原來是工廠老闆的兩個兒子，正在對一個女孩動手動腳。女孩兩手不停揮舞，不讓他們靠近。

「不要過來！」女孩大喊。

「別這樣嘛，我們只想跟妳做個朋友。」說話的是老大金

雄，聲音粗得像鴨子一樣，他讀國中一年級，比六木大兩歲。

老二銀雄跟六木的弟弟都是國小三年級的學生。

銀雄繞到女孩身後，兩手使勁一抱：「哥，抓到了！」

女孩受到驚嚇，腳步沒站穩，跌坐在地上。

「這麼沒用，碰一下就跌倒了。」銀雄用鞋尖踢女孩的膝蓋說。

「你們在幹什麼？」六木大喊。剛才他還告訴弟弟「不要去惹他們」，本來他打算裝做沒看見，不過已經喊出聲來。

金雄朝六木這邊望過來。「喔，是你們兩個。」

六木走上前扶起女孩，「有沒有怎樣？」她眼眶泛紅，淚水快要流下來。

「兩個欺負一個，這樣對嗎？」六木說這話時，金雄已經走過來。比他高半個頭的金雄，六木必須挺起胸，抬高眉目，才能看見金雄那雙細細尖尖的眼睛。

金雄沒應聲，捏緊拳頭在胸前一握，冷不防朝六木的臉頰捶過去，六木迅速往右邊閃過，身體順勢旋轉半圈，金雄整個人已經撲倒在地，跌個四腳朝天。

「好啊！真厲害。」

弟弟拍手叫好。金雄目露兇光，朝他瞪視一眼，像隻狼一樣撲過去，兩手按住脖子，整個人騎在弟弟身上。銀雄趕緊上前，踩住弟弟的屁股。

「再叫啊，今天在學校修理你還不夠？你叫啊！」銀雄哼哼出聲罵著。

六木三兩步向前奔去，先是一腳踢開銀雄，接著抱住金雄想要拉開他，不過對方力氣太大，兩人就這樣扭了一陣。突然底下的弟弟伸出一隻手，用力扯住金雄的頭髮，「唉呦！」金雄露出痛苦的表情。

六木趕緊趁這機會用力一扳，把金雄從弟弟身上掰開，兩手往河堤邊一送，金雄一個沒站穩，身體後仰晃了幾下，突然整個人朝後一倒，摔到堤邊的草叢裡。草裡的夜鷺受到驚嚇，「啊——」一聲振翅飛走。

「哥——」

黑暗的草叢裡，久久沒有動靜，銀雄焦急地喊出聲：「哥——」

還是沒有回應。這下銀雄差點哭出來：「你把我哥哥弄死了，你完蛋了。」

六木正在猶豫要不要下去找金雄，草叢裡有了動靜。金雄從裡面慢慢爬出來，身上多處沾滿濕泥，散發出臭水溝裡才有的氣味。

「你給我小心一點。」爬上河堤的金雄，一邊往家裡的方向走，一邊回頭咒罵。兩兄弟的背影看起來很狼狽。

「你們還好吧？」女孩走過來說：「謝謝你們。」

六木幫弟弟拍去身上的泥土，說：「下次離他們兩個遠一點。對了，這麼晚了妳怎會一個人在這裡？」

「我喜歡來這裡散步。」女孩說：「半個月前我才搬來這邊，跟阿公住在街上，平常這裡很安靜，沒想到今天會遇到他們兩個，那個哥哥說他已經注意我很久了，想跟我做朋友，我

不要，他們就過來拉我。」

「這兩個真是麻煩！」六木說：「我們也不要在這裡待太久，搞不好他們回去告狀，我們又要倒楣了。」

「剛才你很勇敢，應該不會怕他們吧？」

「不是怕。」六木說：「我爸爸在他們家工廠上班，媽媽要我們懂事一些，不要惹麻煩，誰會吃飽太閒，去跟他們作對？」

他們坐在河堤邊聊了一會兒，「哥，你看！」站在身後的弟弟指著天空大叫，六木和女孩不約而同望向天空。

湛藍的星空中，一顆柳丁般大小、透出橘色亮光的球從遠處緩緩飛來，靠近他們時，好像有什麼東西掉下來，落在前方的草叢裡。那顆發亮的球回轉過來，在天上繞了幾圈，慢慢朝他們這邊過來。

「那是房子吧？」

沒錯，是一幢有著斜屋頂的兩層樓房子，那房子愈飛愈近，屋後有兩片巨大的銀灰色翅膀，像船的帆布一樣鼓著風聲，隱約聽見裡面有人吵架的聲音。

那房子愈飛愈低，慢慢地像降落傘垂直下落。

「是妖怪嗎？」弟弟喊出聲。

「噓——」六木制止他：「不要亂講。」

他們左顧右盼，正猶豫要不要找個地方躲起來，那房子已經靠近陸地，一停在溪床上，屋後兩片巨大的翅膀立刻收攏起來。

白芒花搖曳的溪流邊，浮現一幢兩層樓的屋子。

2

他們看得目瞪口呆，沒錯，是一幢嵌有許多窗戶的房子，一樓門口和外面大門的柱子上亮著燈，窗子裡的燈光倒映在溪面，彷彿水面上漂著一盞燈籠。這時前門打開，一個白頭髮的老先生站出來，在屋前低頭來回走動，不知在找什麼。

「真的是房子哩。」弟弟猛吸了一口氣：「它從哪裡來的？怎麼以前沒看過？」

老人似乎沒看見他們，嘴裡不知在唸什麼，聽起來不是很開心，不過不像是壞人，應該掉了什麼東西，在那裡找來找去。

「跟你說東西掉了就算了，不要那麼固執。」屋裡傳來一

個老太太的聲音。

老人氣急敗壞地往屋裡吼：「不會出來幫我找嗎？」

「明天還要做生意哩，外面變涼了，還不快點進來。」

一隻黃狗跟在後面到處嗅聞。老先生彎腰四處低頭探看，嘴裡罵道：「什麼鬼地方，東西掉了居然就不見了。」

黃狗看見不遠處的三個小孩，吠了起來，像是在跟他們打招呼。

「老爺爺，你在找什麼？」六木大喊。老人抬頭看了一眼，沒有理他們，繼續低頭張望。

門邊窗戶推開，老太太探出頭來：「他在找他的拖鞋。剛才經過這邊他的鞋子突然掉了，我跟他說東西掉下去應該找不到，他偏不聽，說鞋子就在這附近，他一定要找到。」

「要不要我們幫你？」女孩說：「剛剛我有看見一個東西掉下來。」

「真的嗎？」老奶奶說：「不過這附近黑漆漆一片，恐怕不好找吧？」

「沒關係，這邊我們很熟的。」弟弟說。

他們三個從河堤上滑下來，往屋子的方向走去。就著屋子裡透出來的光線，很快在草叢裡找到老爺爺的拖鞋。

「在這裡！」六木大聲喊。

「真是太好了，謝謝你們。」老奶奶推開門，「來，都進來吧，我請你們吃蛋糕！」

六木拿著老爺爺的拖鞋，三個人你看我我看你，沒有往前走的意思。

「進來吧。」老奶奶向他們微笑招手：「不要害怕。」

他們撥開草叢，往屋裡走去。

「把腳抬高。」老爺爺好像想到什麼，命令三個人把腳舉起來。他蹲下來瞧了幾眼他們的腳板，好像在檢查腳底髒不髒，才放他們進去。

一進屋子，小孩立刻瞪大眼睛，驚訝地看著屋內。「好漂亮的家啊！」窗台邊種滿各種花朵，牆壁上一整排櫥櫃，架上擺放許多木雕、陶器和美麗的琉璃珠，琉璃珠在燈下散發迷人的光彩。角落擺放好幾雙縫製一半的鞋子，整齊地排列著。

老奶奶肩上披著一條有些破舊的羽毛披肩，穿著淡紫色圍裙，手捧一盤剛烤好的蛋糕，屋子裡都是牛奶和蜂蜜的香氣。

「來，這是蜂蜜蛋糕，等一下還有巧克力餅乾和水果

茶。」

他們坐在桌邊，手放在桌子底下，望著杯子裡冒出的茶煙，一絲一絲往窗邊飄散，誰也沒伸出手來。

「不要客氣啊。」老奶奶微笑：「謝謝你們幫老爺爺找到拖鞋。」

不過老人看起來還是不開心，鬍子底下的嘴角往下撇，也沒過來跟他們打招呼，一個人蹲在壁爐邊，繼續縫製鞋子。

「那是他的工作。」老奶奶說：「明天早上，我們還要趕去做生意呢。」

「你們從哪裡來的呢？」弟弟問：「這裡好棒啊。」

「我們從很遠很遠的山那邊過來的。」老奶奶說：「今晚要趕到竹里鎮，那邊明天早上有個市集，哪裡知道飛到一半，

他嚷著拖鞋掉了，才會臨時停在這邊。」

弟弟摸摸過來舔他的黃狗：「這裡只有你們兩個嗎？你們的小孩呢？」

「他住在別的地方。」老奶奶說這話的時候，火爐邊傳來老爺爺的聲音：「這麼晚了還不回去？等一下我們要離開了。」

黃狗靠近六木身邊，把鼻端湊近，在他身上嗅了幾圈，不知在找什麼。

「熊熊。」聽見老爺爺喊牠，黃狗跑過去，跟在老爺爺身後上樓。

「他最近心情不是很好。」老奶奶說：「家裡發生了一些事，你們不要介意。」

「我們也差不多該走了。」六木說：「謝謝你們，有空歡

迎你們也來我們這邊走走。」

老奶奶微笑著說：「真是乖巧的孩子哪，下次再請你們吃別的東西。」

跟老奶奶道別後，他們撥開草叢走到河堤這邊。一爬上堤面，屋子後邊的翅膀已經整個打開，在空中撲撲拍動，屋子緩緩升空，往天上飛去。

「再見！」

三個小孩朝那幢在空中愈變愈小的屋子大喊，隱約聽見熊熊向他們打招呼的吠聲。

「這是真的嗎？」他們在河堤邊又坐了一會兒，不敢相信剛才發生的事。

「那個老奶奶人真好。」六木說。

「嗯。」弟弟說：「不過那個老爺爺看起來滿兇的。」

「而且剛才他看人家腳底的眼神怪怪的，好像在找什麼東西。」女孩說。

「對呀，還蹲下來一個一個檢查呢，好奇怪。」弟弟說。

「應該是怕我們弄髒他們家的地板吧。」六木說：「走吧，我們也該回家了。」

一進門，父親和母親坐在飯桌邊板著臉，「你們去哪裡？」

「到河堤那邊散步。」六木說。本來以為會被問到金雄兄弟的事，不過他們似乎還在為工作的事煩惱。

「應該沒那麼嚴重吧？」母親說：「你在那邊上班，又不

是一天兩天的事，就算要裁員，也輪不到你吧？」

「很難講。」父親說：「上個月那批離職的，有幾個待得比我還久，說要他們走就走，一天也沒有多留，到現在沒一個找到工作。」

「你這樣煩惱也不是辦法，反正把交代的工作做好，其他的就不要多想。」

六木一直站在旁邊，母親問他：「怎麼啦？」

「下個月，」六木嚥了一下口水，「我要代表學校參加全市運動會，明天教練想帶我去運動用品店……」

「運動用品店？」母親說：「哪裡來的錢？」

「不用錢的。他說他有一個朋友願意贊助我。」六木本來想告訴他們，教練說他可以跑第一。他還是沒說出來。

「哪有這麼好的事？」母親說：「不要去拿人家的東西。跑不好就算了，我們有努力就好，拿不到第一也沒辦法。」

「跑步能做什麼？你看那些電視上揹米袋跑步，跟人家搶著當清潔工的，再會跑又能怎樣？」父親口氣不屑地說。

「不要跟小孩講這些，那是大人的事。」母親說：「去洗澡，早一點睡吧。」

六木沒再多說什麼。

明天要怎樣跟教練開口呢？

他望著窗外的夜色，想著想著便沉入夢裡。

睡夢中，六木走下床來，悄悄打開門，朝屋後的河堤那邊跑去。他愈跑愈快，那種飛的感覺又回來了。低頭一看，河堤、溪流、一排一排的房子安躺在他腳下。一回頭，發現背上長出一對五彩翅膀，他迎著滿天彩霞，在天空裡安靜飛翔。

「你怎麼了？」身邊的弟弟搖了他一下。「你的手打到我了。」

六木看著自己的手在床上打開成一對翅膀，他望著窗邊墨藍的天色，心裡還沉浸在那片彩霞的柔光裡，很快又睡去了。

3

第二天傍晚，練習一結束，六木坐上教練的摩托車，看著不斷倒退的街景，一雙又一雙新鞋的顏色與樣式在腦海裡浮現。反正到時候把新鞋藏在學校，爸媽也不會知道。對了，就這樣辦。

摩托車停在市區一家商店前。這條路幾乎都在賣運動用品，六木不停瞧看櫥窗裡各式各樣的運動鞋。

他們來到一家鞋店門前，店裡一個熟悉的背影跨坐在椅子上。六木在門口站立，沒跟教練進去。

「老闆，我們來啦。」教練朝裡面喊。

聽見外面的喊聲，跟老闆聊天的那個背影轉過來，是金

雄。

「哼，是你，你也跟人家來買鞋。」露出冷笑聲。

「不是來買，人家是全市最會跑的選手，我要送他一雙。來——」老闆向六木招手：「你來這邊，自己過來挑。」

「老闆在叫你，趕快過去吧。」教練轉過身喊。

六木硬著頭皮，腳步沉重地走向老闆那邊。

「啊，該不會要送我們家的鞋吧？」金雄前後搖晃椅凳，討厭的大屁股嘟在椅子外，目光斜斜盯住六木那雙腳趾頭冒出來的破鞋。六木感覺，金雄的話好像從他屁股說出來的。

「當然啊，要送就送最好的。你們家鞋子又輕又軟，」老闆看了一眼六木的腳，轉身從架上拿出兩雙鞋：「你先比一下大小，再挑你喜歡的顏色。」

「哇！」金雄大叫，屁股下的椅腳跟著發出「剁、剁」摩擦地板的聲音，整個人往後一癱，裝作從椅子上跌倒的樣子。

「老闆，那雙很貴耶，你也太慷慨了吧。」

「有什麼關係？」老闆有點不解：「難道你不希望你們家的鞋給好的選手穿？還是只給人家穿來炫耀就好？」

站在後面的教練笑了出來，這兩個男生之間一定有過節，

他想。「沒關係，六木，這家店是老闆的，你聽老闆的就好。」

六木坐在椅子上，兩腳僵硬地試了一雙。新鞋的側邊有兩條銀色的線，像兩條在水裡快樂泅泳的魚，鞋尖的圓形圖案像眼睛一樣，露出驕傲的神色讓人左右翻看。擺放在旁邊的那雙破鞋，不好意思地把自己縮得更小了。

「哇！真特別。」六木脫下鞋子時，腳板往後踮了一下，老闆瞄了他腳底一眼，發出驚訝的嘆聲：「你來看你學生的腳底。」

兩個大人低下頭望了幾眼，金雄也把頭湊過來。「哇，怎麼回事？怪物！」

教練拍拍金雄的頭殼：「閉嘴，不要亂說。」

他們將他抬高的腳仔細看了一陣，六木覺得有些莫名其妙。他兩邊的腳底各凸出一條食指寬，十幾公分長的深紅色紋路，像尾巨大的紅色臥蠶，又像傷疤一樣，仔細看，裡面的血管還會隱隱跳動。

「怎麼會這樣？」老闆問他：「你這樣跑步，不會痛嗎？」

「沒感覺。」

「你以前就這樣嗎？」教練問他。

「我也不知道。以前出現過一兩次，不過一下就消失了。」

「這樣會痛嗎？」教練伸出手指輕輕按了一下，六木本能地把腳掌一縮。那條像傷疤的紋路似乎有股力量，把教練的手指彈了出去。「真的滿特別的，不會痛就好。」

「原來是長了一雙怪腳，才這麼會跑。」金雄又瞧了那雙

破鞋一眼：「要穿到這麼好的鞋才會跑步，現在都是這樣訓練選手的？」

「你懂什麼？」教練雙手扠在胸前，抬起下巴指著金雄：「這傢伙是誰？」

「鞋廠老闆他兒子啦。他跟我很熟，等一下這附近有棒球賽，他先過來我這邊坐坐。」

「那不趕快過去？」教練吼了出來，金雄的肩膀一下子縮了起來。

「你們家的鞋如果沒人買，你吃什麼？你以為只有你家有做運動鞋？」

「那你去看別家要不要送你們啊。」雖然被罵，金雄也不甘示弱：「他這裡只賣我們家的牌子。你自己看不出來？」

「金雄，你這樣說太過分了。」老闆制止他。

「我不需要這種鞋子。」六木突然站起來跟教練說。

「你看，幹嘛帶他來？如果他穿這種鞋才能跑第一名，誰知道他是真的會跑還是假的？到時候不要忘記來我們家說聲謝謝啊。」

教練握緊拳頭，作勢往金雄頭上揮過去。他趕緊縮住脖子躲開，「真恐怖的教練，你都這樣打你的學生啊？」

「老師，」六木已經穿起自己的鞋：「我不要新鞋子了。」說完走到門口外邊。整條騎樓有幾個帶小孩來買鞋的母親，站在櫥窗前張望。

「拿這幾雙給我們看一下，好嗎？」隔壁的店裡，一個母親跟店員說。

「我們回去吧。」

教練載他回到家裡的巷子口，「沒關係，憑你的實力，就算赤腳也可以跑第一。等你比完市賽，我再買一雙新的給你，到時候看那傢伙還能說什麼。對了，」

教練繼續說：「你的腳底那樣，真的不會影響跑步？」

「應該不會吧。」六木說：「前幾次它出現時，我一點感覺也沒有，而且久久才出現一次。」

「喔，那就好。」

六木望著教練的摩托車騎遠，回頭往家門口走去。

「去哪裡了？」父親看見他回來，一臉不耐煩地問：「我和你媽還要出去工作，幹什麼不早點回來？」

本來六木想提醒父親，昨天不是跟你說了，教練要載我去買鞋，所以才晚一點回來？他們可能忘記了。想到這麼晚了還要去工作，心情會不好，是很正常的事吧？

「來，趕快來吃飯。」母親從廚房出來，「記得要洗碗。」

晚上，兩兄弟在飯桌上寫功課，六木望著正在發呆的弟弟：「你在想什麼？」

「那是真的嗎？」弟弟說：「昨天晚上真的不是在作夢？」

「當然是真的。」

「那蛋糕真好吃啊，不知道什麼時候還能再吃？」

弟弟這樣一說，六木感到有些餓。奇怪，不是才剛吃飽？

「要不要再去那邊走走？」六木說。

「嗯。」

溪風吹來，帶著濃濃的秋意，兩兄弟在河堤上散步，沒看見那幢屋子，遠處一個人影坐在地上。

「是她。」弟弟說：「昨天那個女孩。」

女孩聽見聲音，朝他們揮手。

「你們也來啦？」

「怎麼又一個人跑來這裡？」六木問：「如果再遇到他們怎麼辦？」

「你看——」女孩望著溪水說：「那裡有一隻夜鷺站在水裡。」

六木看著女孩的側臉，感覺好像有心事，也不知道要跟她說什麼。

「真不敢相信哪，居然讓我們看到從天空降落的屋子，而且還請我們在屋裡吃蛋糕。」女孩說：「今天我一直在想那個老奶奶和老爺爺，不知道他們現在到了哪裡？」

六木說：「搞不好下次他們路過，正好是半夜，我們都睡了。」

「妳的朋友呢？」弟弟問：「怎麼不找朋友一起過來——」

「人家不是說才剛搬來嗎？」六木打斷弟弟的話。

「你們可以當我的朋友啊。」女孩這樣說，六木的臉一下子熱了起來。

「我叫真妮。」

真妮告訴他們，她的父母親最近工作比較忙，經常出國，沒辦法陪她，只好讓她跟鄉下的爺爺奶奶住。

「一開始有點不習慣，不過爺爺奶奶很疼我，學校的同學對我也很好，除了昨天那兩個兄弟，在這裡我每天都很快樂。」

「原來妳四年級，難怪在學校沒見過妳。」弟弟說。

「妳不要怕他們，如果他們敢再對妳怎樣，記得跟我說，我不會放過他們。」

六木和弟弟一起送真妮回家。真妮的爺爺住在離河堤幾百公尺的街上，一幢有著院子的三層樓房子。

「進來坐好嗎？」真妮按門鈴說：「昨天的事我已經告訴爺爺，他說要好好謝謝你們。」

「不用了。」六木拉住弟弟轉身就走：「那是應該的，妳不要客氣。」說完便往街尾的方向跑去。

「再見了。晚安！」

4

運動場上不斷傳來加油的聲音，六木和來自各學校的選手，一起蹲在起跑線上，等待槍聲響起。

「砰——」

跨出腳步，他拚命往前奔去。在一片加油聲中，他清楚聽見真妮高聲呼喊：「加油！加油！」

腳下那雙舊鞋像長了翅膀，貼著地面飛了起來。他一直往前衝，眼睛瞄向左右兩邊，沒有任何人追上來。太好了，終點就在前面，六木傾斜上半身壓住前方拉直的紅線，歡呼聲像潮水從四面八方湧來。

「贏了！我贏了！」六木和同學們抱在一起，在跑道上開

心地跳著，這一刻他等很久了，巴不得馬上打電話回家，告訴媽媽這個好消息。

「六木——」是媽媽的聲音。奇怪，她怎麼那麼快就知道了？

他揉揉眼睛，陽光從窗邊射進來，棉被上鋪出一大塊斜斜的三角光影。六木坐在床上弓起腳，低頭看腳底，昨天那兩道紅疤已經消失。他匆匆吃完早餐，揹起書包和弟弟上學去。

這一天最後兩節課，六木都留在操場上練習。做完教練交代的每一個訓練，全校只剩下他們幾個選手，和榕樹上吱吱喳喳的麻雀。

「今天回去早一點睡覺，明天早上七點，校車會載你們到體育場，大家放鬆心情，好好為學校爭光，懂不懂？」

「加油！加油！加油！」暮色中，他們的喊聲格外清亮。

和教練、同學道別後，六木走到校門口，圍牆邊一個女孩向他招手，是真妮。

「怎麼還沒回家？」

「看見你們在操場那邊練習，心想等一下就結束了，可以跟你一起回家。」

「妳等很久了吧？」

「不會啊。」真妮說：「你真的跑得很快，金牌一定是你的。」

「正式的比賽還沒開始呢。」六木笑著說：「走，我帶妳走一條小路，可以通到河堤那邊。」

他們邊走邊聊，轉進兩邊都是竹林的碎石路。幾十公尺

外，河堤橫在眼前。

竹林的盡頭出現兩條人影，一高一矮，高的那個手上握著球棒。

「你們要去哪裡？」是金雄。看來兩兄弟一直跟蹤他們。

金雄舉起球棒指住六木：「你要把人家帶去哪裡啊？」

真妮躲在六木身後，朝金雄喊：「我們來這裡散步，不行嗎？」

「散步？」金雄嘿嘿笑了兩聲：「想散步不會找我們？一定要跟這傢伙一起？」

「你們讓開。」六木一個箭步上前，兩手抓住球棒，想搶過來甩到一邊。金雄的動作也很俐落，球棒迅速往後一抽，從六木手中滑過。

「哥，打他！」銀雄喊出來的同時，球棒已經揮下，六木來不及逃開，肩膀被狠狠敲了一下。

「唉呦。」六木痛得跪在地上，肩上的書包順著手臂滑到地上。

「怎樣，知道厲害了吧？」金雄把球棍掂在手上，不懷好意地歪著嘴笑。「站起來啊，跪在地上做什麼？」

「他明天還要比賽，可不可以放過他？」真妮站過來六木這邊，幫他求情。

「哼，比賽。」金雄用球棍戳了戳六木的鞋尖：「穿這樣怎麼跟人家比啊？要不要我送你一雙？」

六木跳起來推了金雄一下，金雄一個踉蹌，趕緊蹲低穩住腳步。

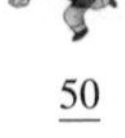

「好哇，竟敢襲擊我。」

「哥，打他的腿。」銀雄大喊。

金雄握緊球棒左右揮舞，朝六木走去：「來啊，丟個球過來如何？」

六木正在想如何從他手中搶過球棒，一顆雞蛋大的石頭，突然從肩後直直往前飛去。等他反應過來，石頭已經砸在銀雄的額頭上。

「啊——」

銀雄兩手摀住前額，蹲在地上。幾秒鐘後他攤開手，鮮血汩汩冒出，很快把半張臉染紅。血沿著下巴一滴一滴快速落下，胸前、地上都是血漬，看起來很嚇人。

六木回頭，十幾步外，呆立在那裡的弟弟，不知什麼時候來到竹林這邊，聲音顫抖地說：「我不是故意的。」

金雄過去扶起銀雄，兩隻手掌沾染銀雄身上的鮮血，原先的兇惡不知跑哪裡去，喃喃地說：「怎麼辦？怎麼辦？」

六木趕緊跑到竹林外的小路邊，一輛摩托車騎過來，他用力揮手。

「拜託一下，這邊有人受傷了。」

那人看了銀雄一眼，要金雄扶他一起坐上來。摩托車噗噗噗往前方奔去。

他們看著地上一搭一搭的血漬，天色漸漸暗了下來。

「怎麼辦？」弟弟說：「回去一定被爸爸揍個半死。」

「小心，不要踩到。」六木說：「我們先回去吧。」

「我會告訴你爸爸，是他們先欺負人的。」真妮說。

「沒有用的。」六木勉強擠出一絲微笑：「我們走吧。」

回到家裡，母親正在煮飯，只抬頭看他們一眼。兩兄弟回到房間，安靜寫功課。

「房間這麼暗，不會開燈嗎？」母親從廚房探出頭，喊了一聲。

「喔。」

燈一打開，門口站一個人，是父親工廠裡的同事。

「你們兩個還在這裡啊，你媽媽呢？」

母親從廚房走出來，兩手在圍裙上擦抹：「什麼事？」

那人不打算在他們兄弟面前講，朝母親招了招手：「妳過來一下。」兩個大人站在門外聊了幾句。

「是誰做的？」母親轉過頭，聲音突然拔高。兩兄弟嚇了一跳，誰也沒說話。

「快說啊！」聲音更高了。

「是我。」六木站起來：「是他們先欺負我們才會這樣，真的是不小心的。」

「現在說這些有什麼用？」母親氣呼呼走過去，一個巴掌甩在六木頭上：「你差一點把人家弄死，你知不知道？」

聽見母親這樣講，「嗚——」地一聲，弟弟哭了出來。

「哭什麼？」母親吼他：「你給我乖乖在家，我帶你哥過去道歉。你爸會被你們害死。」

「又不是我們的錯。」弟弟在後面哭喊：「我們又沒做錯什麼。」

六木跟在母親後面往工廠走去。工廠大門進去，幾個大人站在廠房門口，看見他們母子，其中一個說：「人還在醫院裡。」說這話時，父親正好從裡面出來，一看見六木，悶在心頭的怒火瞬間從眼底冒出，六木全身緊繃起來。

「跟我過來。」

全身發抖的父親，雙手用力抓住他肩頭。雖然很痛，六木不敢說什麼，跟著父親走進廠房。

「就是他，還有他弟弟，兩個都有。」金雄指著六木：「石頭就是你兩個兒子丟的。」

六木雖然想反駁，但是看見父親由憤怒轉為慌張的表情，他告訴自己，現在最好不要說話。

工廠裡走出來一個中年婦人，父親一看到她，立刻露出笑臉。那婦人也不太看他們這邊，直接走到六木面前。

「是這個嗎？」婦人的聲音壓在六木頭上：「打傷銀雄的就是這個？」

「老闆娘，不好意思啦，不是故意的。」父親跟在婦人身後繼續陪笑。

「沒什麼好說。」她轉頭對其他工人說：「再這樣下去，搞不好下次換我們金雄被打死了。」

「媽，妳知道那顆石頭多大嗎？」金雄虛虛捏起指頭，比出一顆棒球大的樣子：「這樣大哩，明天妳到竹林那邊看，銀雄流了好多血。」

「老闆娘，真的是我兒子不乖。」本來還是笑臉的父親一回過頭，目光轉為兇狠，六木整個人縮了一下。

「不會過去跟人家道歉嗎？」父親推他。六木看著鞋子，兩隻腳好像釘在地上，動也不動。

「你不會道歉嗎？」父親左右張望，靠牆的地上有一根木棍，他快步過去撿起來，再惡狠狠走過來，舉起棍子往他身上劈下。

「說啊，我是怎麼教你的？」棍子在他身上打了十幾下，本來還忍得住痛的六木，覺得快站不住，他抓緊拳頭，告訴自己要忍。讓人家看到父親這樣生氣，最好把我打出一點傷來，這樣他們就能消消怒氣，也許就不會刁難父親。一定要忍。

父親下手愈來愈重，六木整個肩背已經痛到麻痺，看來父親真的很氣。好痛呀！他快要忍不住了。額頭上蹦出一顆顆汗珠，從眉間滴落。

「好了，不要再打啦。」一個老阿伯走過來，「小孩在玩，難免會這樣，不要這麼用力。」過來拉父親的手。

沒想到父親下手更重，有幾下狠狠落在六木的腳踝骨上，整個腳掌痛得快要裂開。六木繼續咬緊牙關，只希望父親的怒氣趕快消吧，再這樣下去，明天的比賽要怎麼辦？

父親仍然沒有鬆手。看來他真的是要打死我了，如果是這樣也好，起碼老

闆會可憐父親，留他繼續在這裡，以後就不用擔心沒工作了。

想到這裡，六木流下淚來。心裡有一種說不出來的悲傷，在這些大人，還有金雄的面前。

「啊，在哭了呢。」金雄帶著冷冷的嘲笑口氣。

「快走！」老阿伯終於看不下去，先是將他推開，又反手抓住父親的棍子大吼：「再打你兒子就死了！」

趴在地上的六木回頭，看見父親被兩個大人拉住，不停想掙脫過來揍他的樣子，心裡突然明白，如果再不逃走，他真的就要死在這裡了。

他哭著爬起來，往前一直跑、一直跑。在他的背後，父親不停咒罵：「死囝仔，如果你敢回來我就打死你。」

雖然滿身是傷，他還是跑得很快，一路上剩下自己的

喘息和心臟撲通撲通的聲音，以及身上陣陣撕裂的痛楚。沒多久他跑到溪邊，沿著河堤一路狂奔下去。

不知跑了多遠，前方的天空飛過一盞燈籠。很快地那盞燈籠回頭，往他這邊飛來。

是老奶奶的房子。慢慢向他靠近，緩緩收攏那對像風帆的巨大翅膀，停靠在六木前方一百公尺遠的溪邊。門打開，老奶奶走出來，向他招手。

六木沒有多想，他奔下河堤，撥開岸邊的芒草，喘著氣朝屋子大門走去。

「怎麼回事？你怎會變成這樣？」看見滿身是傷的六木，老奶奶驚訝地說。

六木沒有回答。才踏進門口，整個人一軟，昏了過去。

5

醒來時，六木躺在一張柔軟的床上，他細瞇著眼，望著窗帘縫隙間透進來的光線。

「你醒了？」是老奶奶的聲音。六木聞到蜂蜜蛋糕的香氣，他想起來，帶著傷的自己跑進這屋子裡，接下來就完全記不得了。

「我睡多久了？」

「三天啦。」

三天？運動會不就比完了？六木試著要爬起來，「唉呦——」身體一動，便痠痛得不得了。

「不要亂動啊。」老奶奶說：「今天才幫你擦過藥，已經好很多啦，不過要下床走動，大概還要兩天哩。」

聽見老奶奶這麼說，六木瞥見自己紅腫的手臂，上面塗滿油亮的藥膏。熊熊過來舔他的手掌。

「你餓了吧？等一下先喝點湯，把這裡當作自己的家啊。」

「這裡是哪裡呢？」

「竹里鎮。」老奶奶坐在床邊問他：「你身上怎麼那麼多傷呢？誰打的？」

六木的眼眶一下子紅了起來。

「沒關係，不想說沒關係。你就先住在這邊，先把傷養好了。」老奶奶起身走出去：「等一下我幫你送吃的來。」

窗外傳來菜市場的叫賣聲。六木一個人躺在房間裡，瞧看房間裡的擺設，床尾邊的書桌上有一幀泛黃的照片，是一家三

口的合照，裡面的爸媽應該就是老爺爺和老奶奶，中間那個小孩，是他們的兒子吧？

房間外，老爺爺和老奶奶在說話。「隨便把一個小孩帶回來，到時家裡又出事怎麼辦？」老爺爺說。

「你以前不是常說要幫助別人？怎麼碰到一點狀況，就開始疑神疑鬼？」

「那不一樣。」

「怎麼不一樣？你說說看？」

「算了。以後妳可別後悔沒聽我的話。」

「沒幫他我才會後悔呢。那小孩剛才醒了，多可愛的孩子哪。要不要上去看他？」

「哼。」

一陣下樓的腳步聲，樓下的門打開又「碰」地一聲，應該是老爺爺出門去了。

六木想起那夜看見的老爺爺，也是繃著一張臉，不太理他們。等他可以下床走動，還是離開好了，不要打擾人家，雖然他很喜歡這裡。

「好一點了嗎？」老奶奶端來一盤食物，有濃湯、稀飯和幾樣配菜。六木一下子就吃完。

「吃慢一點。」老奶奶微笑，熊熊在旁邊搖尾巴。

「這裡離我家多遠呢？幾公里？還是幾十公里、幾百公里？」六木沒聽過竹里鎮，也不知道家裡現在怎麼樣了。

「這要怎麼說呢？其實從你家到這邊，中間要飛過好幾座山，至於多遠，我也不是很清楚。」

「你們一直這樣飛來飛去？」

「說來話長，」老奶奶嘆了一口氣：「我們原本住在很遠很遠的蘇摩山那邊。」

「蘇摩山？」

「嗯。沒聽過吧？事實上我們也很久沒回蘇摩山了。這十幾年來，我們在這邊停留幾天，那裡待上一陣，到處飄來飛去。」

「你們怎麼不回去呢？」

「當然希望能回去呀。等時間到了，自然就回去了。」老奶奶的語氣中透著無奈。

六木沒再多問。老奶奶望著他手臂上的傷痕說：「等晚一點我再幫你塗藥。這藥很有效的，不過我們可能要在這裡住上一陣子，你不急著回家吧？」

「嗯。」六木說：「可是老爺爺好像很不高興。」

「沒關係。前一陣子我們家遭了小偷，把他這幾年的辛苦積蓄都偷走，他心裡不舒服，過幾天就好了。你先休息吧。」

兩天後，六木已經能下床走動。他站在窗邊，伸出頭來左右張望。

「你在看什麼？」老奶奶問他。

「奇怪，這屋子在天上飛的時候，後面不是有一對翅膀？怎麼不見了？」

「這是祕密。」老奶奶笑著說：「等下次房子要飛起來，你就知道了。」

晚餐後，六木幫忙洗碗，早上一起來就幫忙拖地、打掃花園裡的落葉。這些看在老爺爺眼裡，雖然沒說什麼，但感覺得出來，他的敵意已經不像之前那麼重，也縫製了一雙新鞋給六木。有時還會叫六木帶熊熊出去散步，或幫忙買些水果回來。

竹里鎮四周都是山，山上一整片金黃色的竹林，風一吹動便發出「咻咻」的美妙聲音，黃昏的竹林映照彩霞的光影，整個竹里鎮沐浴在燦爛的金光中。山腳下幾十棵枝幹粗壯的樟樹，老人們坐在大樹下聊天，小孩赤腳在路上跑來跑去。

聽老奶奶說，竹里鎮這幾年遭地震、颱風連番侵襲，許多人家的房子毀了，年輕人大多在外地工作，留在家鄉的多半是老人和小孩。這裡許多小孩連一雙像樣的鞋子都沒有，再過幾天就是聖誕節，她和老爺爺忙著包裝禮物，好趕上平安夜把禮物送到每個小朋友手裡。

老奶奶把餅乾和縫製好的鞋子分別放在盒子裡，一盒一盒堆在角落，六木也過去幫忙包裝。他的手很巧，一下子把包裝好的盒子整齊堆放在牆邊。

「這些鞋子，」六木問：「怎麼知道誰家的孩子該穿多大的尺寸？」

老奶奶笑說：「我們早就準備好各種尺寸的鞋子，到時候一個一個試穿，一定有適合他們的。」

聖誕夜的傍晚，老爺爺和老奶奶準備參加鎮上的晚會，順便送禮物過去。

「好久沒參加這種熱鬧的晚會了。」老奶奶坐在鏡台前，梳了一個高高的髮髻。「六木也一起去好了。」

「下次有機會，再帶他過去。」老爺爺提醒奶奶說：「我們還有正事要辦，別忘了。」

「沒關係，我幫忙看家就好了。」六木說：「家裡還有熊熊陪我。」

「這邊就麻煩你了。」老奶奶說。

老爺爺站在門口，仔細瞧了奶奶一眼。

「怎麼？有什麼不對勁？」老奶奶問。

「今天穿這麼漂亮，那件羽毛披肩反而顯得破舊，就別披出去了。」

「這……」老奶奶重新站在梳妝台前，兩肩左右擺動，朝鏡子裡看了幾回。「這可是當初你送給我的結婚禮物呢。而且，把它放在家裡好嗎？」

她看著鏡子裡那條顏色暗沉的披肩，尾端的穗鬚像沒梳理過的雜毛，看起來很像用了好幾年的拖把。

「是亂了點。」老奶奶脫下披肩捧在手上，「這要放哪裡呢？」

「妳就披在椅子上吧，反正不用太久就回來了。」老爺爺推起裝滿禮物的推車，回頭問六木：「你真的會顧家？」

「那有什麼難的？」聽老爺爺這樣問，六木覺得有些好笑。

老奶奶把披肩鋪在椅背上，又反覆瞧了幾眼。

「走吧，再不走就來不及了。」老爺爺站在門外說。

他們走後，六木關起門，一個人坐在桌邊看書。

差不多過了半小時，趴在桌下睡覺的熊熊抬起頭，朝窗外吠個不停。六木先是聞到一陣玫瑰的濃香，他放下書本，一個滿臉瘡疤的婦人站在窗邊。

「你好啊。」婦人向他問好：「今天鎮上有晚會活動，你怎麼沒去？」

「請問妳是？」

婦人呵呵兩聲，說：「我是老爺爺和奶奶的好朋友。以前我常來他們家玩哩，對不對，熊熊？」

熊熊對這個笑咪咪的婦人不是很友善，嘴邊不時發出怒聲。

「你是誰家的孩子？怎麼以前沒見過你啊？」婦人發起牢騷：「兩個老人也真是的，怎麼把家裡交給一個小孩看顧，萬一出事了怎麼辦？」

「他們只是在這附近，很快就回來了。妳要不要等他們回來，再過來一趟？」

「喔，不了。」婦人說：「我只是順路經過這邊。」眼珠子不停瞟動，好像在找什麼東西。

「妳想找什麼？」六木問她。

「找什麼？沒這回事，只是這邊跟我上次來的時候不太一樣。欸，我有點渴，給我杯水喝好不好？」

六木開門請她進來，熊熊依舊吼得很兇。

「奇怪這隻狗怎麼了？以前不會這樣啊？」婦人走進來，

兩手不斷撥開熊熊：「欸，你離我遠一點好不好？」坐下來後，兩隻腳縮在椅子下方。

六木說：「熊熊不會咬人，妳放心。我把牠趕到後院，妳不要怕。」

熊熊仍然不停發出怒聲，六木一把揪住牠的脖子，拖到廚房後面。「乖，等一下再放你進來。」

婦人打了兩個噴嚏：「今天出門太匆忙了，沒多穿一些。」

「要不要喝杯溫開水？」六木往火爐裡丟兩根木頭。應該是她身上那股濃香，讓人聞了想打噴嚏，狗的鼻子那麼靈敏，當然更不舒服。

「嗯，謝謝你啦。今天走了好久，真是又冷又累。」婦人的目光停留在椅背上那條羽毛披肩。

「啊，這東西——」突然喊出聲，原本低啞的嗓音裡冒出一聲尖銳的高音。六木覺得有些古怪，好像那聲音裡面藏著一個年輕的女人。

「我已經加了兩塊木材，屋裡很快就暖和了。」

「謝謝你，有沒有什麼能讓我披一下，拜託你。」說著又朝那披肩看了幾眼。

「那是老奶奶的東西。」六木說：「披肩那麼薄，一點也不溫暖吧？要不要我上去拿一件毯子來——」

「哦，不！」婦人連忙拉住他：「你是笨還是怎樣？我說只要加上一件披肩就好，你連這點忙都不願意幫嗎？這裡冷得讓人受不了，趕快拿來幫我披上吧。」

婦人伸出手來，手背上滿是鬆垮的皺紋，六木嚇了一跳。

他拿起披肩，披在婦人肩上。

披肩一落在婦人肩頭，好像通上電流似地，「啪啪」閃出火花，六木驚了一下，往後退兩步，以為她的肩頭要著火了。

「哈哈哈——」發出一陣刺耳的尖笑聲。那婦人——不，現在站在六木面前的是一個身材曼妙、容貌姣好，唇下有一顆暗紅色的痣，眼珠閃爍綠光，眼尾斜斜上鉤的年輕女子。

「怎麼樣？不認得我啦？」

「妳——」六木不敢相信自己的眼睛：「剛才那個老太太呢？怎會變這樣？」

「笨蛋，什麼老太太？」女人過去掐了掐六木的臉頰：「看清楚一點，有老太太長這麼漂亮的嗎？」

她走到鏡子前面左右看了一陣，得意地笑了起來：「看來我還是很美麗啊，我都快要不認得自己了。」撫摸披肩下方雜亂的絲穗：「這東西我想好久了哇，沒有你幫我披上，我還別想得到呢，哈哈。」

女人推開窗跳出去，披肩在她身後瞬間變出一對翅膀。「我走啦，有空來我家玩啊。哈哈——」

「唉呦！」得意忘形的女人，沒注意到熊熊已經靠近她，冷不防咬住她的裙襬，扯也扯不開。

「討厭的狗，滾開！」踢了熊熊一下，熊熊一個翻身，把裙襬咬下一塊。女人趕緊振翅往天上飛去。

「再見啦。幫我跟兩位老人家問好，哈哈——」

笑聲隨著女人的身影隱沒在夜空中。

6

「熊熊，怎麼辦呢？」

六木坐在門前台階上，等一下老爺爺就回來了，不知道怎麼向他們交代。

「還是沒有出現啊。」門外傳來老奶奶的聲音：「你不是說你的直覺告訴你，就在這附近，會不會你搞錯了？」

「不會錯的，他一定就在附近，今晚沒找到，下次再找就是了。」老爺爺說。看見六木坐在門口，他們沒再聊下去。

「發生什麼事了？」

六木告訴他們，剛剛有個眼珠閃爍綠光、唇下一顆紅痣的女人來過。

「這時候她來幹什麼？」老爺爺臉色一沉，好像想到什麼，目光投向桌邊的椅子，「披肩呢？出門前不是放在這邊？」

「被那女人偷走了。」六木小聲地說。

「唔？」老爺爺嚴厲地看他一眼，轉身向老奶奶說：「看吧，這下可好了，把飛天羽衣弄丟了，這下我們怎麼回到蘇摩山？」

「是你嫌它太舊，叫我不要帶出門的。」老奶奶回他說：「你能怪誰？」

「我不是故意的。」六木連忙解釋：「那女人一進來就說認識你們，我想應該是你們的朋友，她說她很冷，想借它披一下。哪裡知道它這麼神奇，我以為只是一條普通的披肩——」

「普通的披肩——」老爺爺說：「這屋子要是沒有它，想飛到哪裡都去不了，你知道嗎？」

「對不起。」六木委屈地說。

「算了啦。反正這房子飛來飛去也累了，就讓它好好休息一陣子。再說這邊也不錯啊，搞不好我們要找的人就在這附近呢。」老奶奶安慰他。

「之前先是遭小偷，現在綠珠這傢伙又冒出來，真不知道接下來還會發生什麼事？」老爺爺發牢騷地說。

「不要這樣想啊。反正那飛天羽衣還有些祕密她不知道，到時候她可有苦頭吃了，真是可憐的孩子。」老奶奶對六木說：「今天你也累了，先去睡吧。」

六木上樓去，樓下爺爺和奶奶的聲音雖然很低，不過還是聽得見。

「這麼多年過去，想不到她還是死性不改。」老爺爺說。

「不知道黑輪有沒有跟她在一起？」老奶奶說：「六木說他原先看到的是一個滿臉瘡疤的醜婦人進來，披上飛天羽衣後才變年輕，想必綠珠這幾年也吃了不少苦。難怪她想偷飛天羽衣，讓自己變回年輕的容貌。」

「哼，這不都是她自找的？當初黑輪應該跟她講過，這飛天羽衣是蘇摩族人的傳家寶物，第一次都要由男人幫女人披上，才會有法力，她偏不信邪，自己偷來藏在身上，結果被羽衣上冒出來的爪子抓得滿臉是傷，整個人難看得像怪物一樣。想不到她還在打這主意，她明知道有這寶物對她來說，不見得是好事，偏又跑來偷，這下子有她受的了，不知這傢伙會躲哪

裡去。」

「綠珠這孩子以前就愛熱鬧，應該又跑去合歡鎮那邊了吧？那裡再過兩三天，就要舉行十二年一次的慶典了。」

「可惜飛天羽衣不見了，憑我們兩個，用走的到那邊，也要四、五天吧？」老爺爺說：「會不會我們要找的人也去到那裡？如果是這樣，沒趕過去就可惜了。」

「你不說，你的直覺一向很準？」老奶奶說：「就別想那麼多了。如果上天要讓我們找到，自然就找得到，這事急不得啊。綠珠也真厲害，怎麼知道我們不在家，剛巧家裡又有一個小朋友可以幫她披上飛天羽衣？」

「看來她跟蹤我們一段時間了，會不會之前遭小偷的事也是她幹的？」

「這女孩雖然愛玩，應該沒這麼壞吧？」

「過了這麼多年，誰知道一個人會變成什麼樣子？現在她也三十幾歲了，妳還叫她女孩。」

「在我印象中，她還是那個愛美愛往熱鬧堆裡鑽的小女生，這樣叫她沒什麼不對吧？」

六木聽他們又聊了一會兒，樓梯間的燈光才暗去，不久，樓下傳來老爺爺的鼾聲。

六木躺在床上想，如果今晚出發，沿途跟人家問路，憑我的腳程，順利的話，後天就可以趕到合歡城吧？

他悄悄爬起來，在桌上留一張紙條。

老爺爺老奶奶，我會把披肩找回來的。

六木上

他從窗台邊跳出去，一條黑影蹲在牆邊搖尾巴。

「熊熊乖，你等我回來。」

六木往女人飛走的方向跑去。他跑得很快，一下子人影消失在路的盡頭。

7

合歡城裡，每條街道和廣場上都是年輕人的笑聲與身影，許多商家貨品琳瑯滿目，門口張貼大大小小的海報、窗邊繫上五顏六色的氣球，路邊的攤販不停吆喝叫賣，熱鬧的音樂不絕於耳。逛街的人把附近幾條大街擠得水洩不通，廣場上還有各種雜技表演。

六木已經來到城裡三天，每天擠在人群裡，不曉得要跟誰問那女人的下落，只好跟在遊客後面到處逛，餓了就看看哪裡有賣吃的小店，等客人一離開，趕緊撿拾盤子裡剩下的飯菜塞進嘴裡。有的店家看他一身髒兮兮，把他當作乞丐，隨手丟一塊肉給他。

「拿去！不要站在那裡。」

有時他聽見身邊的人聊天的話題：「你們從哪裡來的啊？」「這兩天有沒有比較精彩的表演？」「有個占卜師剛閉關出來，明天會來廣場上幫人算命呢。」並沒有聽見有關那女人的消息。

這天傍晚，他在人群中聞到那股特殊的玫瑰花香氣。沒錯，是這個氣味。六木循著那氣味找去，不久從逛街的遊客中瞧見一個像是那女人的背影，就在他面前不遠處。六木繼續藏在人群裡，隔一段距離跟在她背後。幾分鐘後，女人消失在大街旁邊的一條小巷裡。

他趕緊跟到巷子口，彎彎曲曲的石板巷道上沒半個人。

六木小心地往前找去，那氣味忽遠忽近，他正懷疑會不會跟丟了，那女人的聲音又出現。

「不好意思，今天沒有要做生意。你們明天再來好嗎？」

一群人圍在一家店門口嚷嚷：「我們可是等了好半天，真的不讓我們進去一下？妳的香水好特別啊。」

「是啊，女朋友託我到這裡，就是為了要買妳的香水。如果沒有買到，她就不理我了呢。」

店門口上方懸掛一串塔形的銅鈴，不時發出清脆的叮噹聲。

「你們是怎麼了？我今天不想做生意，不行嗎？」女人站在門前台階上，兩手扠腰對擠在門口的人們大吼，兩手舉高摘下那串銅鈴。說也奇怪，取下銅鈴後，這些人開始安靜，你看我我看你。

「對啊，她不想做生意，我們站在這邊幹什麼？」他們各自摸摸頭，一臉莫名其妙地走開。

「砰——」地一聲，女人關上門罵道：「哼，一群中了魔法的笨蛋。」

幾分鐘後，六木悄悄靠近那戶人家窗邊。靠牆的櫥櫃上擺有許多透明的小玻璃瓶，瓶裡有各種顏色的液體，除了玫瑰花的濃香，還有其他花香的氣味，六木憋住氣，不讓噴嚏打出來。櫥櫃過去的桌子後方就是樓梯，那件羽毛披肩掛在樓梯欄杆上。

六木張望半天，確定那女人不在樓下，輕輕推開窗，「咯——」窗門開了，他小心爬進去，心臟撲通撲通快要跳出來，躡手躡腳走到樓梯邊。太好了，那條老爺爺口中的飛天羽衣，再往前一步，就要回到六木手裡。

終於到手了！六木兩手一抓到披肩，開心得好像中了大獎，急忙回頭往窗邊奔去。才跑了兩步，手背突然長出白絨絨的細毛，他嚇了一跳，身體瞬間縮到桌子底下，整條披肩覆蓋在他身上。用力掙脫半天才鑽出來，望著眼前一只玻璃瓶上晃動的身影，六木左右擺動身體，差點哭了出來。他已經變成一隻貓。

「喵嗚——」他試著發出聲音，是貓的叫聲。

「哈，我以為是誰呢？」女人從樓梯上方走下來，撿起地上的披肩：「想不到你這麼快就找到這裡。還好我先找來一條假的下了咒，誰敢來偷誰就倒楣。你想逃的話我也不反對，反正沒有我，你休想變回人的模樣。」

完了，這下沒有拿回飛天羽衣，還讓自己失去人形，這可怎麼辦呢？貓急得四處跳來跳去。

「喂！安靜一點。」女人豎起食指朝貓的身上點了一下，貓馬上變回六木。他趕緊走到窗邊，玻璃上現出自己的倒影，不過五官中間還是塌成貓的鼻形，沒變回來。

六木摸摸那球怪異的黑鼻子：「怎麼會這樣？」

「這樣還不好嗎？」女人說：「從今天開始，白天你可以變回人形，晚上再當貓就好了。正好我這邊缺一個傭人，你就乖乖幫我打掃，你認真做，我心情好，就晚一點把你變成貓，懶惰的話乾脆整天當貓算了。」

六木皺了皺那怪模怪樣的鼻子，有點不太習慣要靠它呼吸，接連打了幾個噴嚏。

「現在先放過你，」女人的手指又朝他點了一下，這次終於變回原來的鼻子。「不過到了晚上你還是會變回一隻貓。樓下你先幫我顧著，我上去睡覺了。」女人說完，打個哈欠走上樓梯。

天色很快變暗，本來還想逃走的六木，身體一下子縮小，整間屋子大了起來。

牠告訴自己，只能先這樣了。全身白毛的牠跳到窗邊，呆呆望著巷口的路燈。

工作了一段時間，六木漸漸習慣這裡。白天他幫忙女人整理屋子，遇有客人來選購香水，他一邊打噴嚏，一邊幫客人包裝。到了晚上，女人打扮得花枝招展，一身濃香出門去，通常都喝得醉醺醺才回來。變成貓的六木聽她爬樓梯跌跌撞撞的聲音，把頭蜷縮在身體裡，懶得多看她一眼。

一天下午，女人懶懶地躺在長椅上，一個滿臉鬍渣、頭髮散亂，看起來像個流浪漢的男人闖進來，鼻頭皺動幾下，眼珠朝屋裡巡了兩圈，看起來不太像來買東西。女人翻起身來望著男人，端起杯子遮住嘴嗤嗤笑。

「咦，」男人自言自語：「奇怪，味道在這裡沒錯啊？」朝女人點了一個頭：「抱歉，我走錯地方了。」

女人「噗哧」一笑，男人又看了女人一眼，目光停在她的披肩上，驚訝地喊出聲來：「好哇，綠珠，原來是妳，居然當起小偷來。」

「看吧，我就知道你會回到合歡城。」女人得意地說：「

怎麼樣？連你都不認得啦，我這樣漂亮嗎？」

「妳太過分了，居然把飛天羽衣偷走？妳偷這個幹什麼？」男子走進來罵她。

「放心啦，我只是借來用用，過過癮，到時候自然會還他們。」綠珠說。

「借來用用？」男人一臉狐疑：「不會拿來做壞事吧？」

「都這麼多年過去了，幹嘛還這麼說話，我又不會害你。」綠珠說：「找個時間跟我到街上瞧瞧，這幾天多熱鬧啊，比起十幾年前那一次還要好玩呢。」

「我沒時間跟妳鬼混，現在我的事業可忙著。」男人眉毛挑高地說。

「事業？你能有什麼事業？」

「哼。妳就這麼看不起我？」男人看了六木一眼：「這小孩是誰？從哪裡冒出來的？」

「看你多久沒回家了。他是從你家跑來的，我可沒叫他來。」

「從我家來的？」男人盯住六木看了半天：「我家現在跑到哪裡去了？你怎麼會住在我家？」

這男人應該是老爺爺的兒子黑輪，六木想。他把那夜父親打他，到後來變成貓的事說了一遍。

「唉！」黑輪嘆了一口氣說：「難怪外面有這麼多小孩不肯回家，這些當父親的太糟糕了。」

綠珠告訴黑輪：「聽說你父親準備上百份聖誕禮物，要送給竹里鎮的小孩，人家肯這樣做已經很了不起啦。」

「幫人家小孩準備禮物？他什麼時候買過禮物給我？」

黑輪說：「他應該是想藉這機會，把那小孩找出來吧。再不找出來，他們這輩子就別想回蘇摩山。還好我已經快有自己的事業，到時候他們老到不行了，還不是要靠我照顧？哼哼。」鼻孔哼了兩聲，聽不出來是得意還是不屑。

「口口聲聲嚷說你的事業，到底在搞什麼蚊子？神祕兮兮的。」綠珠問他：「該不會在做壞事，不敢講吧？」

「呸，說那什麼話，妳過來。」黑輪朝綠珠招手，要她把耳朵附過來。

「什麼！」綠珠大叫：「你又偷你父親的錢……」

「好啦，」黑輪伸出手掌摀住她的嘴：「什麼偷？說得這麼難聽，借一下罷了。妳自己不也把飛天羽衣借過來？再說他的錢到最後還不都是我的？早拿晚拿不都一樣？」

「可是老爺爺對這件事很生氣。」六木大概知道他們在說什麼。

「我們在聊大人的事，你插什麼嘴？」黑輪罵道：「這小孩真討厭，我們家的事他懂什麼？」

「好啦，你也不要生氣，這孩子挺老實的，人家會變成貓，還不是為了搶回你媽的東西？對了，你到底在投資什麼事業？不要賣關子，快說吧。」

「在這裡，嘿嘿。」黑輪從口袋裡掏出一袋東西丟在桌上：「妳看妳要賣多少香水，才賺到這些？」

袋子「啪」地一聲摔在桌上，綠珠上前扯開袋口一看，眼神發出亮光：「哇，真的假的？這都要給我嗎？」

「什麼真的假的，要就拿去吧。」黑輪斜眼瞧看把金子捧在鼻端的綠珠：「以後妳要多少有多少，這就是我在投資的事業。」

綠珠的目光完全被那袋金子吸引過去，久久才說出話來：「應該還有很多吧？什麼時候帶我過去看看，你到底在幹什麼？」

「妳不能去那邊。我答應合夥人，不會把那地方說出來，我只管投資就好，其他開採經營的事就交給他。每個月他會按照當初談好的條件，給我送上金子來。」

「這麼好，可以讓我合夥嗎？」

「我就知道妳會有興趣。今天晚上，剛好跟他們有約，要不要一起過去看看？」

「好啊。」

窗外的路燈亮了起來，身邊一隻白貓走來走去。

「那小孩呢？」黑輪問。

「剛才不是告訴過你了？」綠珠努起下巴指著地上的貓：「你自己不會問牠？」

黑輪很快會意過來。「先不管他了。走，我們出門去吧。」

8

他們出門後，貓跳到窗台邊蹲了一陣。這兩人到底在做啥?愈想愈好奇，牠舉起前腳輕輕推開窗子，鑽了出去。

貓從許多人腳底穿過，走了幾條街，綠珠的味道始終在前方。終於，在廣場邊一家酒店裡，看見他們兩人的身影。

「怎麼樣?這筆生意划算吧?」說話的是一個身軀肥胖的中年男子，耳朵長在六角形的頭頂上方，眼角尖斜往上，唇上留一撮像海狗一樣的鬍鬚，臀部兩邊的肥肉分別垂掛在椅子側邊：「你出資，我僱人挖金礦，每個月分一些給你們，不出幾個月你們就回本了。」

貓穿過其他客人的腳邊，躲在桌子下方。胖子的褲管底下，露出一雙肥短的腳掌，趾爪銳利，爪尖嵌著黑褐色泥土，散發淡淡的臭水溝味。

「怎會這麼好，那金礦在哪裡，什麼時候帶我們去看一下？」綠珠問他。

「這是祕密。」胖子豎起食指要她小聲一點：「我可是花了千辛萬苦才找到這座礦山，這麼容易給外人知道，萬一別人來搶怎麼辦？」

綠珠說：「聽你說得這麼稀罕，

你怎麼不自己獨吞，還讓我們跟你分一杯羹？」

「我是信得過你們哪。」胖子說：「這位黑輪先生，他把他爸爸幾十年來的老本都拿出來投資，這份誠意已經夠讓我感動了。其他人想要投資，我還不見得要哩。」

「那我多投資一點，你願不願意帶我們去看那座礦山？」綠珠還是不死心。

「這我可要好好考慮一下。如果妳擔心分紅不夠多，妳可以考

慮不要投資，這種事勉強不來——」

「我沒說我不要投資啊。我有的是錢，我們可以合作啊。」

聽綠珠這樣說，黑輪趕緊插嘴：「對不起，她可能還搞不清楚狀況，我先跟她溝通一下。」把她拉到牆邊。

角落的黑輪壓低聲音：「欸，妳打算投資多少？該不會把全部的積蓄押上去吧？」

「呵呵。」綠珠笑了兩聲：「那當然。有這麼好的投資機會，要賺就賺多一點。不然每次香水一瓶一瓶地賣，要賣到什麼時候啊？」

「我以為妳只投資一些，妳真的要投資那麼多？這樣好嗎？」

「什麼好不好？你自己想賺大錢就可以，我要賺就叫我慎重考慮？我若賺錢了不都是你的？你高興拿給你父母不也都隨你？」

聽見綠珠這麼說，黑輪開心地笑了。他們走到胖子這邊。

「怎麼樣？商量好了？」

「嗯。她想多投資一點，你看怎樣？」

「讓我回去好好考慮。明天你們還會來這裡吧？」胖子皺著眉，不停捻動鬍鬚：「這樣好了，你們先把錢帶來，如果談妥了，我得趕回去僱更多人手來採礦，這種事慢不得，拖得愈久，只會惹來更多麻煩。」

「不過光你一個人口說無憑，總要給我們些憑據吧？不然我們怎好把錢都交給你？」綠珠說。

「好吧。明晚這時候你們把錢帶過來，我先付你們一些，這樣如何？」

第二天晚上，兩人喝完酒回到住處，已經是半夜。

「我們就要發財了！」綠珠倒在沙發上，手中握住一袋金子，另一隻手垂下來撫摸貓。「欸，發財後你想幹嘛？」

「僱幾個員工來開店吧。」黑輪說：「咖啡店、漫畫店、速食餐廳都好。這幾年到處流浪，也受夠了。」

「嗯，最好再開一家服飾店，想穿什麼衣服自己店裡都有。」綠珠翻過身子呵呵笑：「想不到我們也有這麼幸運的時候。」

一個月下來，兩人夜裡到街上喝酒跳舞，白天綠珠也不做

生意了，不時站在鏡子前梳妝打扮，又買了一堆新衣服。

這樣又過了幾個禮拜，這天中午，「奇怪，」綠珠坐在梳妝台前納悶：「那胖子到底在搞什麼？好一陣子沒他的消息了。」

「不是跟妳說過，他四處找人手幫忙挖礦，工作正忙著。」黑輪說：「欸，這陣子先省一點，等他拿來更多金子，妳愛怎麼花再說吧。」

綠珠對著鏡子不停搔首弄姿，沒有理他。屋裡到處堆滿買來的衣服，她一一搭配試穿，每次從房間出來，肩上還是披著那條皺巴巴、顏色灰撲撲的羽毛披肩。

「好看嗎？」綠珠對著鏡子問他們。

「穿這麼美，搭上那件羽衣多難看，把它拿下來吧。」

「那怎麼行？拿下來我又變回原來的老態，這張臉還能看嗎？」

「又不是沒看過妳那樣子，這樣自欺欺人，多累啊。」

「你什麼時候看過？」綠珠拉下臉：「誰叫你看的？」

「我也有看到。」在旁邊擦桌子的六木說：「妳出現在老爺爺家的時候，我就看過了。」

「呵呵，怎麼樣？」黑輪問六木：「她那樣子像不像隔壁的大嬸？」

「什麼？」綠珠抓頭大叫，兩隻手巴不得伸進他們腦袋裡面，把他們說的那個畫面整個塗掉：「天哪，我以為沒人記得我那個樣子了，這怎麼辦？」

「妳現在的樣子，人家看過才記不得呢。外面那些女人不

都打扮得一模一樣？好看的感覺都是妳自己想像出來的。」

「你是要惹我生氣是不是？」她的聲音開始變尖：「我這樣辛苦打扮，還不是為了你？你竟然說我長得像大嬸，有沒有良心哪你？」

「噢，別這樣！」黑輪兩手一攤，趕緊反駁：「沒人叫妳這麼辛苦，是妳自己要的。對吧，小朋友，你什麼時候看見我叫她打扮了？」

「嗯。」

他們兩個一搭一唱，綠珠怒火中燒，撈起桌上一個杯子砸過去，黑輪輕巧地閃過，杯子砸到牆壁，掉落地上碎裂成好幾瓣。

「唉呦，妳這又何必呢？講一兩句不中聽的就發脾氣？好啦，不歡迎我，那我走好了，再待下去，大概又要吵個沒完沒了。」

黑輪說這話的同時，六木拿起掃把清掃玻璃碎屑，看見綠珠的臉嚇了一跳，手中的掃把掉落地上。

看到六木驚恐的表情，綠珠覺得不太對勁，趕緊跑到鏡子前。鏡子裡出現一個留著長髮，面目猙獰，臉上冒出許多小肉瘤，像一隻塗上口紅的癩蝦蟆。要不是那隻蝦蟆身上也有一條披肩，她真不敢相信，那隻醜八怪就是自己。

「怎麼會變這樣？這到底怎麼回事？」她兩手抓扯滿頭亂髮，歇斯底里地吼著：「晚上出去要怎樣見人？」

「妳不會乖乖待家裡嗎？」黑輪說：「用膝蓋想也知道，披上披肩就能變美人，天下有這麼好的事嗎？」

綠珠聽他這麼一說，趕緊把肩上那條披肩扯下來，丟到長椅上。

「天啊，這麼恐怖的東西，哪裡是什麼寶物？」她握緊拳頭不停顫抖，來回踱步，簡直要瘋了。她愈是緊繃，臉上、身上的肉瘤就更凸出，一顆一顆像小番茄一樣，上面密佈細細的血絲。

「誰叫妳當初要披上它？法力早已滲進妳身體裡，現在丟掉也沒用啦。」

「以前你為什麼沒告訴我？你不是說，這是當初你爸爸送給媽媽的結婚禮物，只要披上它就會變成美女？」

「這是我們蘇摩族人的祕密。」黑輪說：「在我們族裡，誰敢事先警告女人，說披上它後亂發脾氣的下場，洩密的那個人就會變成癩蛤蟆。這東西是幾百年前幾個怕女人的祖先們想出來的，他們怕結婚後女人會爬到他們頭上，於是就發明這種怪東西，一開始它是一條美麗的披肩，讓女孩子看了就想披上它。問題是這裡面被下了咒，它只能由男人來幫女人披上，而且哪個披上它的女人敢亂發脾氣，馬上變成一個醜女。」

「呵呵，在我們村子裡，各式各樣的醜女可就多了，有的寧願變醜女也要離婚，不肯受男人的氣。難怪村子裡那麼多孤單老人，哈哈。」

「我不管，你要想辦法把我變回來，唉呦，這東西真快把我搞瘋了。」綠珠愈是叫，肉瘤上的血色愈是通紅，好像下一秒就要爆裂開來。六木看她很可憐，也不曉得要怎樣幫她。

「妳安靜點。」黑輪說：「會這樣還不是妳自己惹出來

的。等妳整個人安靜下來，再對著鏡子說：『我錯了，請原諒我。』肉瘤自然慢慢消退。注意，要發自內心說出來，不然妳就繼續當個蝦蟆女吧。」

「可惡！」綠珠大罵：「這什麼爛東西？虧你媽還把它當成寶貝，莫名其妙。」

「誰叫妳吃飽那麼閒，去偷我家的東西。」黑輪呵呵笑著：「我媽的好脾氣是眾所公認的。這披肩根本詛咒不了她，奇怪，我爸那種人怎會娶到那麼好的老婆？我的命怎麼跟他差那麼多？」他喃喃自語走出去，不理會屋子裡大吼大叫的女人。

9

黑輪兩天兩夜沒有回來。綠珠躲在房間裡，六木到市場買了些東西回來，煮好麵，問她要不要下樓來吃？她也沒應聲。到了第三天，房門打開，她臉上那些恐怖的肉瘤已經消失，皮膚光滑細緻，又恢復年輕的模樣。

「幫我端一碗吧。想不到你還會煮東西，還真香啊。你聽著，」她邊吃邊提高聲音：「以後我一不高興，馬上提醒我，知道嗎？」

「妳現在不就生氣了？」六木問她。

「有嗎？」綠珠趕緊跑去照鏡子：「還好啊，你在嚇我是不是？」

「變成那樣子誰敢嚇妳？妳不要嚇到別人就不錯了。」這話聽來雖然刺耳，不過她提醒自己不要亂發脾氣，生怕一不注意，無名火又衝上來，好不容易恢復正常的臉又毀了。

綠珠把兩邊嘴角往上提，彎成一張要笑不笑的臉，不時喃喃唸著：「要微笑、要微笑。」

一個禮拜過去，黑輪還是沒有回來。

「看來他又跑去別的地方鬼混了。這個人，只要一感覺到人家對他不好，馬上就逃跑，這麼多年來都沒變。算了，懶得理他。」

嘴裡雖然這樣說，綠珠每天仍然在屋前走來走去，一聽見外面有聲音，馬上從窗邊探頭出去。路上一個人也沒有。自從被生氣後的那張臉嚇到，她說話、走路變得比較小心，不那麼急躁，也不敢像以前那樣，動不動就暴跳如雷，偶而還會找六木聊天。

「你不會想家嗎？」有時她坐在窗前茶几邊，喝著六木倒給她的茶：「這麼久沒看到爸爸媽媽，不會想他們？」

正在窗台邊整理花草的六木，放下手中的鏟子說：「還是會想啊，問題是到晚上我就變成貓了，被他們看見，不嚇到才怪。」

「說的也是。不過你身上咒語的法力，一百天後就會消失，如果我沒算錯，大概過了今晚就恢復正常，你就多忍耐一天吧。到時候，你想把這披肩帶回去，就拿回去吧。」

「帶回去？」六木有些懷疑：「妳不想再當個美麗的女人？」

「算了。」綠珠兩手一攤：「如果那樣的我會比較快樂的話，再說吧。過來坐啊，那些花不要管它了，跟我聊聊你家裡的事吧。對了，當初你爸怎會把你打得那麼慘？」

六木洗完手，把遇見真妮和金雄那對兄弟的事都告訴她。

「真是過分啊。」綠珠嘆了口氣：「你爸爸會那麼生氣，應該是家裡沒錢的關係。等過一陣子拿到更多金子，看在這些日子的緣分，我分一些給你好了。」

六木心想，雖然這女人不是很好相處，但心地還不算壞。

「謝謝妳，不過妳不覺得，跟你們合夥的那個胖子怪怪的？」

「什麼？」

六木把那夜變成貓後，躲在桌子底下，看見那雙腳掌的事告訴她。

「有這種事？」綠珠一臉狐疑：「這樣說來，真的有些古怪。我還是過去廣場探聽一下好了。」說著開門出去。

晚上，變成貓的六木，在屋子裡繞了幾圈後，決定跟到廣場那邊看看。

大街上，出來逛街的鞋尖碰著前一個的鞋跟，非常熱鬧。貓輕巧地從這些人的腳邊穿過，在靠近廣場的一家雜貨店門口，看見一雙熟悉的腳。

是那雙肥短、有著黑爪的腳，貓抬頭一看，一個戴著荷葉邊圓帽、穿長裙的肥胖婦人，正在跟老闆小聲交談。牠悄悄靠近店門口。

「如果你真的想要，我在城外的旅館等你，千萬不要讓其他人知道。今晚我就要上路了，你趕快去準備，時間不要耽誤

啊。」

貓想起來了，是那個胖子的聲音，他怎麼把自己打扮成這般模樣？

「你等我把店門關了，我馬上趕過去。」老闆跟胖子說完話，回頭朝裡面喊：「趕快去準備啊，人家今晚要走了。」

這其中一定有詐。貓趕緊跑到附近幾家商店、酒吧探看，沒有綠珠的身影。等牠回到住家附近，屋子裡的燈亮著，綠珠已經回來了。

「你去哪裡？」綠珠問牠。貓不停喵喵叫，在窗台邊走來走去。

「外邊怎麼了？有什麼不對勁？」

她聽不懂貓的話。「該不會黑輪回來了？好啦，這樣一直喵嗚也不是辦法，等明天早上再說吧。」說完上樓去了。

第二天早上，綠珠一下樓梯，六木已經坐在樓下等她。

「上次跟你們談生意的那個胖子，昨晚出現在廣場那邊。」

他把昨晚雜貨店裡聽見的告訴她。

「看來我們可能被騙了。」綠珠著急起來：「奇怪，黑輪到底跑哪裡去了？」

「會不會回家了？他不是說賺到金子，要拿回家？」

「不可能。如果他要回家，也會先把飛天羽衣送回去。這東西對他爸媽來說，比金子重要多了。」

「怎麼說？」六木好奇地問。

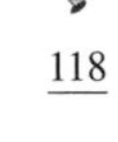

「說來話長。其實我和你第一次遇見的時候，沒有要偷這東西。」綠珠摸摸肩上的羽衣說：「這些年來，我經常偷偷跟在他們家後面，主要是想看黑輪在不在，不過他好像沒回家過。」

「有一天我突然想到，他們蘇摩族的女人長得這麼漂亮，而且都有一條羽衣披肩，這中間一定有某些關連。以前我問過黑輪，他說這是祕密，不能跟外人說。他只告訴我，他媽媽那條披肩跟一般蘇摩族女人的不太一樣，其他的祕密等我嫁給蘇摩族人，自然就會明白。」

「他這樣說，我就更加好奇，那時我還不曉得這東西如果女人自己拿來披上，馬上會被羽衣上冒出來的鷹爪抓得滿臉瘡疤，像個醜八怪一樣。」

「我嚇壞了，找了幾個巫師診治，他們說我一定是偷了蘇摩族長老家裡的飛天羽衣，才會變成這樣。那東西不能自己去偷，一定要由別人幫忙披上，才能恢復年輕美貌的模樣。靠他們的幫忙，臉上的疤痕終於消失，但是每隔一段時間又會出現。本來以為這輩子都要這樣了，一直到幾個月前，我發現他們家裡多了一個小孩，兩個大人剛巧把羽衣留在那裡，這真是難得的機會啊！如果我能恢復原來的美貌，黑輪看了應該會更喜歡吧？看來結果並非如此。」綠珠無奈地說。

六木問：「老爺爺和奶奶好像在找什麼，這件事妳知道嗎？」

「喔，這又是另一段長長的故事。他們今天會這樣到處流浪，其實都跟這件事有關。」綠珠說：「他們原先住的蘇摩村

後方，有一座蘇摩山。山上有個彩霞湖，那是蘇摩族的聖地，那些年一直由黑輪他爸爸負責守護這塊聖地。從小跟在父親身邊的黑輪，關於那邊的祕密多少知道一些。不過歷經十幾年前的一場災難，這些祕密變得不算什麼。」

綠珠好像想到什麼，急忙奔上樓去。不一會兒又衝下樓來：「你看！」她把手上的布巾攤開來：「這些金子……，怎麼會這樣？」

布巾裡包著一塊塊大小不一的碎黑泥，發出淡淡的臭味。

「我們真的被騙了。」綠珠大叫：「如果我的直覺沒錯，黑輪一定落到這壞蛋手裡。我們得趕快把他找出來，再晚一點，恐怕凶多吉少。」

「我們要去哪裡找呢？」

「只有靠這個了。」她指著身上的披肩：「那胖子還不會走太遠，我們飛快一點，應該趕得上，跟我一起過去吧。」

六木站在綠珠身邊，一起披上飛天羽衣，很快地腋下的風開始吹動，雙腳離開地面，身體飄了起來。地上的河流、樹木、街道愈變愈小，他們愈飄愈高，越過許多人家的屋頂，往城外飛去。

10

飛了大半天，終於看見底下一片廣闊的草地上，一輛馬車奔馳。

「是那輛沒錯。」

他們放慢速度，悄悄跟在馬車後面，過了一天一夜，馬車終於轉彎，駛向一條小路盡頭，爬上一座光禿禿的山。車速仍舊飛快，看來他們對這邊的地勢非常熟悉。

山坡上到處都是黃土與裸露的岩石，幾隻土狼躲在岩石後面探頭，發出令人顫慄的嚎叫聲。越過山頭後，眼前出現兩座更為高聳、除了幾株矮小的灌木外，沒有其他植物的山崖。

兩座山崖夾住窄窄的山谷，一條河流從陡峭的山壁底下蜿

蜒而過。河流裡全是濃稠混濁的黑泥，河面幾乎凝滯不動，發出一陣陣臭水溝的氣味。那輛馬車沿著河谷，奔進山壁下方的洞窟裡。

「這味道，」六木說：「跟那個胖子腳爪裡的氣味是一樣的。」

天色已經昏暗，他們躲在一窟石洞裡，綠珠自言自語：「奇怪，他來這種地方做什麼？」

「這裡是哪裡？」

「如果沒有錯的話，」綠珠指著前方山壁下的洞窟：「通過那裡，就是傳說中的黑暗河谷。這條黑泥河上游有座天狗山，山上的岩壁裡，窩了好幾百隻鴿子般大小的蝙蝠。」綠珠說：「我們可要小心一點，你先在這邊等我好了。」

「妳一個人對付得了嗎？我們一起進去吧。」

「謝謝你。不過黑暗河谷一到黃昏，那些蝙蝠會出來覓食，差不多過了一兩個小時，等牠們吃飽了，我們才好溜進去。他們應該是想逼黑輪說出蘇摩王子的事。」

「蘇摩王子？」六木問：「那是怎麼回事？」

「唉，」綠珠嘆了一口氣：「說來這件禍事還是我惹出來的。」

她的眼神望著遠方，開始訴說這一段往事。

十幾年前，蘇摩山是個美得教人驚嘆的地方，山上林木蒼翠，樹林裡藏著族人的聖地——彩霞湖。

聽說湖底有一顆巨靈石，每年冬季，巨靈石像座島一樣浮出水面，蘇摩山頂的蒼鷹崖那邊，會有成群的五色鷹飛來，停在石上產卵。族裡女人的飛天羽衣，就是撿拾五色鷹的羽毛編製而成。

黑輪曾經告訴我，陽光下的巨靈石會變換各種色澤，有時像黑玉、有時像琥珀、翡翠或紅珊瑚的顏色，那些色澤映照在湖面上，整片湖美得像仙境一般，彩霞湖就是這樣得名而來。

等到天氣更冷，湖面開始結冰，巨靈石會帶著那些鷹卵慢慢下沉到湖底。整個湖面結凍後，湖底透出微光，人站在上面，可以看見底下的魚身個個身呈五彩，許多流動的光線在水面下交織舞動，不過已經看不見沉在湖底深處的巨靈石。

到了春天，湖冰融化，湖底的鷹卵醞釀成熟，巨靈石才會重新浮上來。這時，五色鷹會將成熟的鷹卵一一啣到蒼鷹崖上

孵化。族裡的長老也會來湖邊，他們從這些美麗的光影中，可以預見未來將發生的事。

黑輪從小就被父親帶到彩霞湖邊，幾次長老們在彩霞湖畔祕密開會，黑輪就躲在附近樹洞裡，偷聽他們的談話。他們在彩霞湖上看見幾年後的春天，剛從湖底上升的巨靈石不知何故又沉落湖底，蘇摩山到處都是熾紅的岩漿橫流，村民驚慌逃散，之後整座山一片死寂。

他們聚在一起，商討如何遏止這場悲劇發生。不久，他們又在湖面上看見，幾十年來不曾現身的蘇摩王子，將出現在彩霞湖上空，把湖底的巨靈石重新喚起，蘇摩山又將回復原有的模樣。

長老們議論紛紛，在他們的記憶裡，只出現過一位真正的蘇摩王子，不過這位王子也早在幾十年前過世，當時這些長老們不是還小，就是還未出生，對於王子的印象非常遙遠、模糊。之後，沒有人收到下一個王子即將到來的訊息。

「看吧，這是蘇摩族即將衰落的跡象。為什麼真正的蘇摩王子要等到悲劇發生後，才會出現？這不是老天給我們的懲罰嗎？」有些長老這樣說。

這些悲觀的長老們認為，蘇摩族的下一代沒什麼希望了，成天只知道玩樂，關於蘇摩王子，不過存在於上一代的記憶裡罷了。從這些年輕人懂事開始，誰也沒見過什麼蘇摩王子，關於他化解災難的事蹟，聽在他們耳裡只是一則一則的傳說故事。但也有長老認為，應該還有其他辦法可想，黑輪的父親就是這樣。事實上，他早在幾年前，就已預知這場災禍將要到

來，但他還是抱著一絲希望，看能不能在它發生前，找到這位蘇摩王子。萬一找不到的話，他想趕緊找個族人來栽培，幾年後，也許可以訓練得跟王子一樣厲害，然後把拯救蘇摩山的任務交給他。

他曾經向其他長老表達這個意見，他們一致反對。「沒有明確的預言出現，我們怎麼可以這樣做？」既然如此，黑輪的父親認為這事只能暗中進行，他把主意動到黑輪身上。

黑輪十三歲那年，父親帶他來到蒼鷹崖後的百蛇窟附近，留他在那裡，要他一個人想辦法回家，藉此訓練他的機智與膽量。百蛇窟裡毒蛇到處出沒，黑輪整天躲在樹洞裡，白天看著洞外的五色鷹從頭頂飛掠而過，許多蛇被抓到半空中再狠狠摔落，岩石上濺滿毒蛇的血漬。半夜裡貓頭鷹不斷啼叫，各種奇奇怪怪的窸窣聲充斥耳邊，即使餓到發昏，他也不敢走出樹洞一步。幾天後，父親上來，看見他躲在樹洞裡狼狽的樣子，把他拖出來狠狠揍了一頓。

「笨蛋，不是跟你說有五色鷹飛過來，你要趕緊出來撿拾飄落的羽毛，這樣你才能做出一件屬於自己的飛天羽衣。那些羽毛一掉落到地上，很快就消失不見了。」

有幾次，父親把他叫到面前，告訴他關於蘇摩王子的事蹟，他們都是不滿二十歲的少年英雄。父親還教他如何編出一件飛天羽衣。

「注意聽好，」父親說：「再過幾年的冬天，整個彩霞湖面的冰會結得比往年厚上許多，湖裡的魚全部消失不見。等春天一到，浮出來的巨靈石會穿破冰層，到時候整塊巨靈石裂

開，裡面的寶石會噴濺出來。事實上，那些寶石都是五色鷹裡最難孵化的卵，一旦孵出後，便是鷹族裡最強的戰士。你只要穿著飛天羽衣，把湖面上這些鷹卵送到安全的地方，蒼鷹崖上的五色鷹會將牠們啣回去，你的責任就算完成。」

父親繼續告誡他，不要小看這些五色鷹，牠們可是保護蘇摩族的最大功臣。每隔一段時間，巨靈石底下的火山爆發，都是靠這些五色鷹啄食噴濺的火山灰石、熔漿，蘇摩村和山下其他的村莊才能倖免於難。父親還警告他，這些事不准跟別人講，因為巨靈石的祕密，只有長老和蘇摩王子才能知道。

「為什麼要告訴我這些？」黑輪問過父親。

「那是因為，如果在巨靈石底下的岩漿噴濺出來以前，蘇摩王子還沒出現，你就要擔負起拯救蘇摩族的任務，這也是為什麼我要特別訓練你的原因。」

不過黑輪的表現讓父親很失望。有一次父親把黑輪丟到更遠的森林中，要他自己找路走出來。

「如果出不來，你乾脆死在這裡算了，就當我沒你這個兒子。」

黑輪一個人在森林裡走了一個多月，到最後母親不斷跟父親求情：「這種事勉強不來的，就不要再為難他了。」父親才上山來帶他回去。從那次以後，父親雖然不再強迫他，但也不太跟他說話。

「我們怎麼會生出這麼沒用的小孩？」他經常聽見父親這樣抱怨。

等黑輪稍大一些，只要一有機會他便往外跑，成天到處遊

蕩玩樂。他十九歲那年，我們在合歡城認識，那時的他長得高大俊美，許多人都羨慕他是蘇摩族長老的兒子，一定知道很多不為人知的趣事，圍著他問東問西，哪裡知道他心裡的痛苦。我們變成很好的朋友後，他才跟我透露內心這些不為人知的祕密。

當他第一次說出五色羽衣和蘇摩王子時，我驚訝地喊出聲來。

「怎麼了？」

我告訴黑輪，認識他之前的幾個月，合歡城裡來了一個身披五色羽衣、頭戴黑色面罩的怪人，一直在探聽蘇摩山的事。

「真的？」他的口氣裡帶著興奮與懷疑：「有這種事？他人在哪裡？」

那年冬天，彩霞湖的冰已經結得很厚，湖裡的五色魚全部消失。族裡的人議論紛紛，擔心當年長老們預言的災難，將要發生了。

我和黑輪找了三天，終於在合歡城外一座古怪的石堡裡，找到那個人。

見到他時，那人披著羽衣，身體倒掛在頭頂的石壁上，完全沒理會走進來的人。看那樣子應該還在練功，我們安靜地坐在角落等待。

等了好一陣子，那人依然沒有動靜。黑輪和我小聲聊了起來，還故意說到巨靈石和五色鳥的事。他這樣說的用意，可能想試探那人到底知道什麼。果然，石壁上的那人動了一下，屋頂落下幾片岩屑，撲動翅膀飛到我們面前。

「你是誰？」面罩裡透出冷冷的目光：「你知道你說的是什麼嗎？誰要你跑來這裡說這些？」

「打擾到您真不好意思，」聽見他這麼說的黑輪，顯得有些興奮：「你也知道蘇摩族的事？」

「我對蘇摩族的事沒有興趣。你來這裡，到底想做什麼？」那人不耐煩地說：「如果沒什麼事，你們可以走了。」

「別這樣，」一聽到要我們離開，黑輪突然脫口而出：「我在找蘇摩王子。」

那人和我同時愣了一下，看來他應該知道這件事，說出這

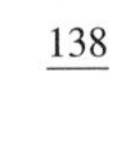

話的黑輪也驚了半晌。也許是那人的態度讓黑輪更加認為，他一定知曉蘇摩族人的祕密。既然這樣，就不用再隱瞞下去了。

「蘇摩王子？」對方轉過頭，「他不是失蹤好幾年了？怎麼？你們該不會懷疑，他就在這一帶？」

「有可能。」黑輪的眼神亮了起來。他趕緊告訴對方，自己是蘇摩族長老的小孩。

「唔？」那人低頭想了一下：「照這樣看來，你應該知道他的下落才是，怎麼還跑來問我？」

「這……」黑輪不知要如何回答。

對方淡淡地說：「這幾年我也聽說有人在找他。你們有沒有想過，為什麼他一直不肯出現？會不會是他根本就懶得理你們？」

「這怎麼可能？王子可是我們蘇摩族的救星哪，沒了他，我們就要完了。」

「哼，這樣的蘇摩族，難怪會完蛋。」那人繼續說：「你自己好好想想，這些年來，你們那些長老們都在幹什麼？不就仗恃自己的身分，整天等待新的預言出現，然後一群人只會議論紛紛。就算王子出現了，又有什麼用？倒不如讓它自生自滅吧。畢竟在你們長老的觀念裡，這場災難已經不可改變了，不是嗎？」

一番話說得黑輪直點頭。突然他雙手按在地上，跪了下來：「這真是我們族人的愚蠢與不敬，請告訴我，我們該怎麼做吧？」

「不必這樣。」那人趕緊上前扶起黑輪說：「任何事在發

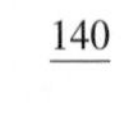

生前，本來就有轉圜空間，只是時機還沒出現罷了。」

「聽你這麼說，那個時機到了嗎？」黑輪急了，趕緊問他：「你究竟是不是蘇摩王子？」

「呵呵。不要急。」那人說：「就算我有能力幫你們化解災難，搞不好人家還認為我別有居心。對一般人來說，那些離我們很遠的災難只要能化解、消失就好，誰會在乎這是誰的功勞？反倒是災難發生後，才跳出來幫忙的，人家就當他是英雄。唉，人們都是這樣在看待事情的。你說我該在什麼時候出現呢？現在是去證明我是誰要緊，還是趕快化解災難比較重要？」

他這麼說，黑輪更加相信這人極有可能是蘇摩王子。這件事如果成功，他等於為族人立下功勞，到時候父親就會對他另眼相看。就算這人不是，對於即將大難臨頭的蘇摩族來說，也不會有更糟的可能了。

「我看還是先趕回蘇摩山，把這消息告訴父親吧。」黑輪興奮地說。

「且慢，」那人說：「這幾年你在外遊蕩，突然回家告訴他這件事，恐怕只會惹來更多懷疑，反而阻礙我們的行動，不如祕密進行如何？等到巨靈石裡的五色卵一一送回蒼鷹崖，再回去稟告他，這樣不是比較妥當？」

黑輪覺得頗有道理，「不過一般人根本到不了彩霞湖那邊，除非有我父親的五色杖引路……」

「這就要麻煩你了。」那人笑著對黑輪說：「這對你來說，只是回家拿個東西罷了，你只要負責這件事，其他的交給

我就行了。」

「這樣好嗎？我好像沒幫到什麼忙？」

「哪裡的話，我們一起來阻止這場災難發生吧。」

很快地冬天即將過去，偷來五色杖的黑輪，和那人相約在村外的樹林裡，那次我也跟去了。我們爬了半天山路，走進一片煙霧茫茫的森林裡，愈往前走霧色愈濃，黑輪走在最前頭，隱約聽見他的聲音：「到了。」

前方兩棵巨大得難以形容的神木，濃霧裡隱隱浮現它們的身影。黑輪站在那兩棵巨木中間，舉起手杖朝天空比畫，嘴裡不知在唸什麼，這時陽光突然透進來，四周濃霧散去，出現一片閃耀五色光彩的湖泊。

「好幾年沒看見彩霞湖了。」黑輪喃喃自語的同時，腳下

的湖面開始震動，黑輪和我趕緊退到湖邊，只見那人朝湖心飛去。不久湖面整個裂開，巨靈石緩緩上升。

那是一座約莫三、四層樓高的小島，島上透出翡翠光芒。只見那人把肩上的羽衣丟在湖上，繼續往前飛去。我這才看清楚，原來他的背上就有一對黑色的翅膀。

這時天空傳來一陣叫聲，在高空盤旋的上百隻五色鷹，突然俯衝下來，朝那人身上撲去。

「走開！」那人轉過身來，露出猙獰的面目，原來是一隻血蝙蝠，口中吐出黑色的黏液噴向五色鷹，幾隻鷹被這黏液噴濺到，立即摔落湖面。

看到這一幕，黑輪大叫：「騙子，你根本不是什麼王子！真正的王子不會傷害五色鷹。」

「哈哈哈！」露出真面目的血蝙蝠獰笑幾聲，口中的黏液又激射到幾隻五色鷹。牠轉過身，朝黑輪冷笑兩聲：「哼哼，這要怪你自己洩漏祕密，怨不得我。」這時，牠身後的巨靈石發出聲響，山搖地動，巨靈石緩緩裂開，噴濺出紅色岩漿，許多鷹卵跟著彈出來。

「這些鷹卵我都要啦，帶回去餵給我那些小朋友吃。」

血蝙蝠飛下來，準備撿拾散落湖面的鷹卵，「唉呦」一聲慘叫，背上挨了一記悶棍，幾個披著飛天羽衣，手拿五色杖的長老出現在湖面上空，將血蝙蝠包圍起來。

「混帳東西，竟敢偷走五色杖。」黑輪聽到父親的聲音，嚇得雙腿發抖，跪在地上。我從來沒見過一個快二十歲的大人，竟然這樣怕父親。父親從他手中搶回五色杖，加入長老的

陣容。

那隻血蝙蝠實在厲害，一連打傷幾個長老，他們摔落到湖面，有的被噴濺的岩漿波及，傷勢嚴重。不過血蝙蝠的翅膀也受了傷，黑血不停滴落湖面。

「可惡，我還會再來的。」他費力地撲動翅膀飛走，嘴裡咒罵：「下次你們再看到我，就是蘇摩族滅亡的時候了，大家走著瞧！」

巨靈石裡的岩漿愈噴愈厲害，彩霞湖的冰層快速熔化，一下子湖水到處溢流，天空一片火紅，四處噴灑的岩漿掉落到附近村莊，許多房子的屋頂烈焰沖天，簡直是世界末日來臨。

黑輪和我躲在一窟石洞裡，四肢不停顫抖，目睹這齣慘劇的發生。

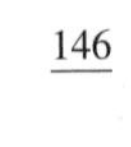

幾個小時後，不停怒吼的巨靈石終於安靜下來，又緩緩沉入湖底。彩霞湖面一片渾濁，四周林木的樹葉多已乾枯，枝頭冒出陣陣白煙。

躲過這場浩劫的長老們來到湖邊，他們想起幾年前的那場預言。

「真是人算不如天算啊。」長老中有人發出怨言：「搞了半天，原來是我們自己人惹出來的禍。」

「話也不能這樣說。如果不是發現五色杖被偷，大家及時趕來，這些鷹卵恐怕已經落在惡人之手啦。」

「當務之急，就是想辦法把剩下的鷹卵送到蒼鷹崖吧。」

「這次要不是五色鷹死傷這麼慘，巨靈石噴濺出來的岩漿也不會搞到無法收拾，唉。」

「哼，如果不是有人自作聰明，把不該說的祕密洩漏出去，讓這壞蛋有機可乘，大家會落得這般下場嗎？」一個長老嚴厲地說。

「當初看到的預言景象，不就是眼前所見到的這樣？既然如此，要怪誰也沒有意義。還是想辦法找出真正的蘇摩王子吧。」

「說得倒是容易，誰知道他什麼時候會出現？」

「那隻血蝙蝠，暗中計畫很久了吧？還好鷹卵沒被盜走，不然讓那些小蝙蝠吃了以後，長成更難對付的怪物，到時候麻煩就大了。」

大家你一言我一語，黑輪的父親走上前。「各位，」他面向各位長老：「這都是我一時糊塗所造成，我對不起大家。為

了贖罪，從今天起我會到各地尋找蘇摩王子的下落，只要一天沒找到，我就一天不回蘇摩山。」回過頭，冷冷的目光射向石洞這邊：「混帳，你還不快滾出來？」

聽見父親的吼聲，黑輪狼狽地爬出石洞，跪在父親面前，不發一語。

「你還有臉待在這裡？滾，蘇摩山已沒有你容身之地了。」

黑輪一轉身，頭也不回地往山下拚命奔去。

我趕緊從石洞裡奔出來，一邊追一邊喊，他的背影很快消失在樹林盡頭。

沒想到這一別十幾年，我們又在合歡城遇見。

那隻血蝙蝠，聽說就住在前面的天狗山裡。

11

天色整個暗了下來，六木和綠珠悄悄爬出洞穴，貼著峭壁，俯瞰河谷往前飛去。整個河面都是濃稠的污泥，不時冒出各種人頭形狀、有著各式面容表情的泥泡。他們鑽進山壁底下的窟洞裡，在漆黑的洞裡小心飛行。不久，前方亮起一星點火光，慢慢現出一大片黏稠的泥地。那輛馬車就停靠在幾百公尺外的大石頭旁邊，再遠一點，聳起一堵城牆般的土色山崖。

他們飛到一塊大石頭後面躲起來。整座山崖像一隻土色的狗弓起背脊，山的一角凸出一顆狗頭形狀，狗嘴的地方開了個口，垂下幾根尖聳的石柱，看起來像是一隻齜著牙的狗。

山崖下的河床邊，上百個全身赤裸、身形乾枯、膚色發青、腳踝銬上鐵鍊的人，像是幾百年沒吃飯，握住十字鎬朝泥地有氣無力地挖掘，敲出「吭、吭」碰撞岩石的聲音。

「快一點！」幾隻人身蝙蝠頭的怪物，不停把鞭子抽在搬運黑色泥塊的工人身上：「趕快挖！今晚沒得吃就吃你們，還不快點！」

工人們咬緊牙，趕緊把手中臉盆大小的黑泥塊倒在推車上，由其他人推往別處。

靠近山崖的石洞裡，幾隻狗頭蝙蝠朝岩壁上發出淒厲的叫聲：「快點出來，有得吃了。」石洞裡立刻竄出幾百隻鴿子大小的蝙蝠，撲上推車搶食泥塊。牠們像螃蟹一樣互相推擠對方，幾隻被踩在底下的蝙蝠嚶嚶出聲。

「不要搶，等一下還有。」

山腳下，駕馬車的那個胖婦人走到車後掀開布篷，一個大鐵籠露出，十幾個人擠在裡面。

「都給我出來！」婦人手上的鞭子一揮，鐵門「歪伊——」一聲晃開，把裡面的人一個個趕下車。兩個人形蝙蝠上前押著他們，三兩下扒光身上的衣服，吼了幾聲：「都給我往前走！」

其中一隻人形蝙蝠不停揮動鞭子，將他們趕往河邊。一兩個想逃走的，被伸長的鞭子一抽，「哎喲——」疼得跌在地上。

「動作快點！」

「胖蝠，你辛苦啦！」另一隻人形蝙蝠彎下腰跟婦人打招呼：「剛剛餵過小傢伙們一餐，最近他們長得快，一下子又嚷

著要吃，真怕餓著牠們，惹血蝠王不高興。」

那婦人把頭髮、身上的衣服一扯，露出一顆蝙蝠頭，也是長得一身黑，身形比一般蝙蝠要胖許多。牠喘了一口氣：「好啦，有這些人幫忙，小傢伙們要吃的東西應該夠吧？這些人，又笨又懶，給他們一點黑泥河裡挖出來的土塊，他們當成是金子。這些人的血不知合不合血蝠王的胃口，也不曉得還要再找多少人來才夠呢？」

「這你就別擔心了，至少等一下血蝠王出來，你也有個交代了。」

一陣陣陰風從天狗山崖後方颳下來，小蝙蝠們撲動翅膀鼓譟。一勾彎月爬到崖上那幾根石柱後方，清冷的月光映照山崖附近的凹洞，彷彿好幾隻猙獰的眼俯瞰整個黑暗河谷。河邊的工人被陰風吹得匍匐在地，久久無法站立。

石柱前方，站立一個全身血紅色的人形蝙蝠。胖蝠和其他蝙蝠看見，立刻跪倒在地，大聲呼喊：「恭迎血蝠王！」

「胖蝠，這次怎麼去那麼久啊？」血蝠王張開雙翼，飛到胖蝠的面前：「你倒是胖了不少啊。想必合歡城有什麼好玩的，把你絆住啦？」

聽見血蝠王這麼說，胖蝠連忙趴在地上：「蝠王交代的事，胖蝠哪敢怠慢？事情一辦完就急著趕回來了。是不是最近送上來的人不夠好吃？」

「你是裝笨還是怎樣？要你去調查的事呢？」血蝠王翅翼一揮，胖蝠往後摔了兩個跟斗。

「小的真的有用心在查。只要太陽一下山，就立刻出來找

人，真的沒有看到蘇摩王子的人影。」

「怎麼可能？血晶球裡現出來的影像，蘇摩王子明明在合歡城，為什麼會找不到？難不成他晚上躲起來了？」

「會不會是……」胖蝠小聲地說：「血晶球看錯了？」

「笨蛋。」血蝠王的翅翼又搧了兩下，胖蝠往後一仰，滾了四、五圈，腰背整個撞在岩壁上，疼得牠唉唉叫。

「你這樣替我辦事的？哼？幾次給你機會到合歡城去，看你胖成什麼樣子？哪有蝙蝠像你長這麼胖的？」血蝠王冷笑兩聲：「看來那裡的好東西你也吃了不少，不知道你的血嚐起來味道怎樣？各位有沒有興趣啊？」

胖蝠嚇得發抖，跪在地上不停磕頭：「小的每晚都有出來探訪，只要有小孩的人家我都找過了，真的沒有遇見……」

「好啦，閉嘴！」血蝠王打斷他的話：「看在你把蘇摩族長老的兒子抓來的份上，這次就原諒你。下去吧。」

原本以為有點心可吃的小蝙蝠，聽見血蝠王這麼說，大家鬧成一團，伸出爪子飛上飛下互相勾扯。

「好啦，都給我回去。」血蝠王翅翼搧了一下，幾十公尺外的推車立刻翻倒，小蝙蝠們嚇得噤聲，紛紛撲動翅膀躲進岩壁裡。

「都是一群沒出息的傢伙。」血蝠王罵道：「只知道搶東西吃，一點長進也沒有，看了就心煩。」

「蝠王您就別操心了，等過一陣子我們找到鷹卵，給這些小朋友們吃後，牠們自然就不一樣了。到時候，這群小傢伙不僅變得聰明，力氣又大，上山下海都難不倒牠們，整個世界就

是我們的天下了。」一隻人形蝙蝠拱手說道。

血蝠王冷笑了兩聲：「說得倒容易。這次沒有蘇摩王子先把巨靈石打開，要怎樣拿到鷹卵？不管了，先把那個笨蛋煉成人形丹，用來補補身子也不錯。從上個月到現在，應該煉得差不多了吧？這傢伙，從小他父親就帶他上蘇摩山，想必給他吃了不少蒼鷹崖上的珍寶，不吃他就太可惜了。」

這時，河裡泥泡噗噗冒個不停，很快冒出一座爐底燃燒青色火焰的銅爐，爐頂的淺盤上浮出一顆西瓜大小的透明球體，一個全身透出紫紅色的人體昏睡過去，蜷縮在爐子裡。

「是黑輪！」綠珠喊了出來：「再不救他，他就要化成人形丹了！」

六木擔心這喊聲會被聽到，伸出手摀她的嘴。

「誰在那邊？」血蝠王鼻頭嗅嗅，發出怒聲：「你們這些奴才每天都在睡覺是吧？有人闖進來了還不知道？」底下的人形蝙蝠立刻跪在地上：「請蝠王恕罪，小的立刻抓他們過來。」

幾隻人形蝙蝠張動翅膀，往他們這邊飛過來。眼看就要躲不過，綠珠告訴六木：「你在這裡等我，我去救黑輪。」便衝了出去。

「好哇，是妳，呵呵。好久沒看到飛天羽衣出現了。」

「你把黑輪怎樣了？」綠珠朝血蝠王大喊。人形蝙蝠過來圍住她，翅膀搧了幾下，綠珠在空中跌跌撞撞，險些摔落黑泥河裡。

血蝠王指著浮在銅爐上的透明丹球，「再過幾天，這傢伙

被我煉成人形丹，我可要好好享用啦。」

六木一連擲出幾顆石塊，幾隻人形蝙蝠「啊呦」哀叫出聲。

「好哇，這裡還有一個。」

牠們撲來的同時，綠珠飛過來抓起六木的手：「走，我們不是他們的對手。」

「那黑輪怎麼辦？」

綠珠還沒回答，血蝠王已經飛到他們頭頂，口裡噴出一道黑色火焰，天空出現幾朵煙氣滾滾的黑雲，一道黑焰從他們頭頂壓下來，綠珠趕緊用飛天羽衣遮住頭頸，那火焰的力道太強，飛天羽衣燒了起來。

「啊——」

兩人直直往地上摔落，六木不停拍打羽衣上的火苗，就快要碰到岩石的瞬間，冒煙的飛天羽衣重新張開，斜斜飛進洞窟裡。

「不要追啦。」

血蝠王大聲喝斥：「我們的目標是蘇摩王子。我倒想看看這兩個傢伙回去討什麼救兵，到時候再將他們一網打盡。」

鑽出洞窟後，「我們現在要去哪呢？」六木回頭看著綠珠，飛天羽衣已經燒毀一半，速度變慢許多。綠珠一臉髒污，頭髮被火烘得焦黑，兩眼神色渙散。「我快不行了。我們要想辦法回到竹里鎮，找黑輪的爸媽。只有他們才救得了黑輪。快！再慢就來不及了。……」說完就往下墜落。

六木趕緊撐住飛天羽衣，兩人緩緩降落在一片草原上，倒臥在地上的綠珠奄奄一息。

「振作啊。」六木輕拍她的臉頰，綠珠稍微睜開眼，有氣無力地說：「這羽衣被燒成這樣，大概也不能再飛了。你幫我送回給黑輪的母親好嗎？她會有辦法的，我大概……」話沒說完，暈了過去。

六木想，坐在這裡也不是辦法，他揹起綠珠，把飛天羽衣綁在腰間，赤著腳狂奔起來。一路上碎石子不斷扎刺腳底，他忍住痛，跑了兩天兩夜，終於看見那片金黃色的竹林。

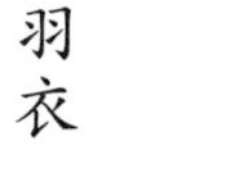

12

「誰啊？」

門板上「砰砰」幾下微弱的敲門聲，要不是熊熊不停吠叫，老太太以為自己聽錯了。

「這麼晚了，會有誰來？」

她走過去開門，靠在門邊的地上，兩個人癱在那裡。

「這不是六木嗎？」老奶奶一眼認出他，還有綁在腰間的飛天羽衣，和一身髒污的綠珠。「啊，真好，終於送回來了。」

「你快過來啊。」老奶奶朝屋裡喊。她和老爺爺合力把兩人抬進屋子裡。

半天後，綠珠醒了過來。

「黑輪……」她望著老爺爺：「黑輪被血蝙蝠的人馬抓去黑暗河谷了。」

「什麼？」老爺爺大聲問：「這傢伙跑去那邊幹什麼？」

綠珠把整件事說了一遍，不過沒有提到黑輪回來偷錢的事。

「再不快去救他，血蝙蝠要把他吃了。」

「哼，吃了也好。他惹出來的麻煩還不夠？還跟人家做生意？」老爺爺冷淡地說。他忽然想到什麼，懷疑的眼神看著綠珠：「他有沒有告訴妳，他跟人家做生意的錢哪裡來的？」

「這個……」綠珠不知道要怎樣回答，連忙從床上撐起身子，不停點頭道歉：「對不起，之前我偷了飛天羽衣，害它差點被燒掉，真是對不起，我毀了你們的東西。」

聽她這麼說，站在綠珠身後的老奶奶走到她面前，有點莫名其妙地說：「沒有啊，我開門看見它時，整件好好的啊。」她想也許綠珠剛醒過來，神智還不清楚。

「這是怎麼回事？」看著奶奶身上那件完整的羽衣，綠珠喃喃自語：「之前不是這樣……」

他們說話的聲音吵到昏睡中的六木，他皺著眉，臉上浮現幾絲痛苦的表情，額邊汗珠一顆顆直冒。

老奶奶拿來手巾幫六木擦汗，「這是什麼？」一轉身瞥見他的腳底，瞪大眼珠：「這怎麼會呢？」

老爺爺湊過去一看，跟著喊出聲來：「咿，這不是——」

看見他們兩人怪異的表情，綠珠趕緊掙扎起身，勉強移動身子靠過去。六木的兩個腳底板，從拇趾下方各浮出一條蜈蚣一樣彎曲的傷口。這孩子揹著她跑了兩天兩夜，腳底被路上尖利的石頭磨刺成這樣，真叫人心疼。不過仔細一看，那兩尾十來公分長的暗紅色傷口，分別長出四隻爪子。

「是兩隻龍吧？」綠珠問。

「沒錯。」老爺爺仔細看了幾眼：「是火龍紋。」

他很嚴肅地盯著綠珠：「妳說妳跟這孩子逃回來的時候，飛天羽衣被血蝙蝠燒去一半？」

「是啊。」綠珠不解地說：「不然他就不用那麼辛苦揹我跑回來了。」

夫妻倆聽她這麼說，彼此點頭微笑。「這就對了。」

綠珠一頭霧水，「到底發生什麼事？」

六木呻吟了兩聲，緊緊握住拳頭，臉色蒼白，不停發抖。

老奶奶打開他的手掌，掌心分別浮現一隻五色鳥的形狀。

「趕快去拿靈石來。」老爺爺喊。老奶奶趕緊上樓，拿來兩顆五色石，分別放在六木的掌心。

只見那石頭上的五彩光澤漸漸發散，透入六木的掌心，順著手腕手臂延伸到肩頸，六木整個臉色紅潤起來，頭頂滋滋冒出五彩煙氣。

「他還好吧？」

「嗯。」老爺爺說：「再過一會兒，他就醒來了。」

「命運真是捉弄人啊。」老奶奶露出欣慰的微笑：「不過還是讓我們找到了。」

「找到什麼？」

「蘇摩王子。」兩夫妻看著綠珠，異口同聲地說。

「妳還記得十幾年前，血蝙蝠逃走的時候，牠說了什麼？」老爺爺問綠珠。

「那次牠好像說了句『當你們再看到我，就是蘇摩族滅亡的時候。』」

「我們得動作快些。」老爺爺說：「等王子一醒來，我們準備回蘇摩山去。」

「不過他身體才剛復原，哪來的力氣打開巨靈石？」

「放心，這些能力本來就是蘇摩王子所具有。如果不是那兩天兩夜，他用盡力氣，一心一意要揹妳回來，他腳底的火龍紋恐怕還不會出現。而且，也只有蘇摩王子能夠讓毀壞的飛天羽衣重新復原。」老爺爺說。

「他的靈力非我們常人所能想像。那種復原能力，是他與生俱來的。」老奶奶告訴綠珠：「等一下妳去照照鏡子，妳也恢復了原先的容貌，這都是蘇摩王子的神力所致。」

老奶奶回憶起十幾年前離開蘇摩山後，出來遊歷的長老曾經告訴他們，在褪去光彩的彩霞湖面上，看見一個少年的影像，還有兩尾色彩紅豔的小火龍，像魚一樣四處遊竄，最後鑽到少年的腳底，停住不動。他們幾個長老舉起五色杖，感應到王子會出現在一個四周被黃竹包圍的小鎮裡。

「我們走遍各地，才找到竹里鎮這邊。本來想往別處再找，沒想到飛天羽衣不見了，只好留下來，想不到還是在這裡遇到。」

六木睜開眼醒來，望著老奶奶身上的羽衣，一時還不明白發生什麼事。他們把剛才的談話告訴他。

「從今天開始，蘇摩族就要麻煩您了。」

六木看著掌心上浮現的兩隻五色鷹，老爺爺說：「以後您只要張開手臂，一唸起蘇摩咒，自然就能飛上天空。還有，您腳底這兩隻火龍，可以帶領您在湖上行走，或潛入水中。」

「蘇摩咒？」六木茫然地說：「這東西我不會啊。」

老奶奶笑說：「這咒您已經會了。它早就藏在您的內心，這是別人偷不走也學不來的。如果您心裡沒有這股力量，火龍紋是不會出現的。現在，您只要一放鬆，這咒自然發生效用，它會帶您到您想去的地方。」

六木深深吸一口氣，張開手臂，整個人慢慢飄浮起來。他再一放鬆，兩手放下，身體緩緩降落在地板上。

老爺爺走到他面前，捧起五色杖交給六木：「這東西從今以後歸您所有，只有您有能力把湖底的巨靈石喚醒，到時候新的鷹卵誕生，等五色鷹一一將它們啣回蒼鷹崖上，您的使命也就告一段落。」

「我們先去救黑輪吧。」六木說：「這東西不用急著給我，等救黑輪出來再說。」

聽見六木這麼說，老奶奶解下肩上的飛天羽衣，走到後門窗邊，兩手往窗上一揮，屋簷下翻出一根鐵桿，那飛天羽衣一穿過鐵桿，立刻變出兩片巨大風帆。

「好了，我們準備往黑暗河谷出發吧。」

屋後的帆布鼓鼓生風，整個屋子微微震動，瞬間飄向天空，往前方快速航行。

13

經過一整天的飛行，他們來到黑暗河谷外的岩洞邊。

「你們兩個在這邊等我們，我和王子進去就好。」老爺爺說完，老奶奶將飛天羽衣交給他。他和六木兩人飛進岩洞裡。

一穿過岩洞，眼前立刻出現一片烏雲罩頂的黑暗河谷，兩人躲在先前藏身的岩石後面窺看。幾百隻蝙蝠搶食推車裡的泥塊。

「不要搶，慢慢來。」胖蝠站在推車後面喊，不過蝙蝠們沒理他，繼續互相推擠，發出吱吱喳喳的鬧聲。

黑泥河邊，兩隻人形蝙蝠把倒臥在地的奴工抬起來，丟進河裡，河面瞬間蒸散出一堆黑色泡沫，其他奴工眼看泥河上啵

啵冒出的煙氣，趕緊握住鏟子，拚命挖掘河邊的黑泥塊。更遠的河中央放置一口巨大銅爐，上方透明球體裡的黑輪，已經縮得更小，身體變成紫黑色。

老爺爺一看見是黑輪，立刻飛了出去。手中的五色杖在空中綻放五色光芒，河谷裡的奴工、人形蝙蝠受不了那光，紛紛跌在地上，有的摔進黑泥河裡，化成一陣泡沫。

六木跟著飛出來，繞到這些蝙蝠面前。蝙蝠一追上來，六木趕緊往黑泥河上空飛去，牠們一靠近，腳底的火龍噴出五色焰，許多蝙蝠被燒得翅膀焦黑，墜落黑泥河裡。

「發生什麼事？」胖蝠看見小蝙蝠們一一掉進黑泥河，蒸散消失，氣得直跺腳：「這怎麼向蝠王交代？」話一說完，一道五色焰從牠頭頂罩下，整個人瞬間燒成一團火球，發了瘋似

地到處奔跑。

「救命啊——」

胖蝠連喊了幾聲，聲音愈來愈微弱，終於聽不見。

天狗山那邊的崖頂，一個高大的黑影現身，是血蝠王。

「好哇，果然是蘇摩族的長老來了。」血蝠王嘿嘿冷笑：「我等這天很久了。蘇摩王子呢？」

老爺爺和六木對看一眼，沒有理他。「你過去救黑輪出來，我來對付血蝠王。」六木悄聲說。

老爺爺往河面飛去，血蝠王張開翅翼一揮，大吼：「都給

我停下工作！」那些奴工一聽到命令，放下手中的鎬鏟，一個個面無血色，臉部猙獰得像精怪一般，伸出蒼白的手爪往老爺爺抓來。

老爺爺飛到銅爐上方，舉起五色杖往那顆丹球用力敲下，丹球微微震動，底下的銅爐開始搖晃，還沒來得及

看仔細，黑泥河裡噴出一陣黑煙，燻得老爺爺兩眼昏花，咳嗽連連。他整個人勉強撐在半空中，忽上忽下飄盪，底下那些人已經涉河過來，兩手往上不停攀抓。

老爺爺快要撐不住了，手中的五色杖鬆脫，掉落黑泥河裡。正與血蝠王拚鬥的六木看見，連忙飛過來拎住老爺爺，安放在岩崖邊的石板上。血蝠王趁這機會噴出黑焰，六木立刻打開手掌，五色鷹瞬間飛出，張開翅膀一搧，黑焰立即熄滅。

「什麼？這該不會是……」認得這五色鷹的血蝠王又驚又喜：「哈哈！太好了，今天你們都別想走。」

「火龍，下去！」六木腳下竄出兩隻火龍，一隻往河面奔去撿起五色杖，另一隻迅速擺尾一掃，底下那些精怪立刻碎成一堆白骨，散落河面。

六木從火龍爪中接過五色杖，五色杖到他手裡，瞬間發出亮光，六木把它舉高到頭頂，往那丹球一敲，整顆球體碎裂開來。他一手拉起躺在裡面的黑輪，一手用五色杖掃過銅爐，銅爐整個翻倒，沉入黑泥河裡。

六木飛身到崖邊，撈起奄奄一息的老爺爺，腋下挾著他們父子，往岩洞那邊飛去。

血蝠王看見銅爐被打翻，又驚又怒，趕緊追上來：「想走？看你們往哪裡逃？」接連噴出幾口黑焰。

六木背後被一陣灼熱逼近，兩腳在空中翻踢，腳底的火龍又即刻竄出，奔向血蝠王。血蝠王沒料到這兩隻火龍來勢洶洶，張開血盆大口準備噴出黑燄，已經被火龍撲向前，抓破牠的翅翼。

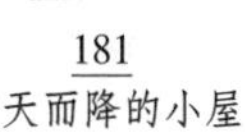

「啊——」血蝙蝠狼狽地摔落地上，眼睜睜看著他們飛出黑暗河谷。

兩隻火龍吐出強大的五色光焰，噴向黑泥河。整條河像是酒精遇到了火，瞬間燃燒起來，黑暗河谷的上空冒出熊熊火光。熾亮的光焰讓地上的精怪驚慌得四處逃竄，小蝙蝠們在空中互相飛撞，掉落火海中活活燒死。

「可惡，我要報仇。」血蝙蝠發出恐怖的吼叫聲，整座天狗山震搖得不住轟鳴，岩壁上許多石塊崩落，掉進黑泥河裡。

老奶奶和綠珠這邊，不停遙望岩洞後方衝天的火光，正擔心他們兩個的安危，只見六木腋下一邊摟住老爺爺，一邊攜著黑輪朝她們飛來。從丹爐裡逃出來的黑輪，雖然很快恢復原有的身形，整個人仍然昏迷不醒。

「走，我們先回竹里鎮。」六木說。

老奶奶立刻掛起飛天羽衣，房子很快飄上天空離去。

「發生什麼事了？」隔天傍晚，躺在床上的黑輪醒來，喃喃自語：「那個胖子呢？不是要給我金塊嗎？」

綠珠看著他，一時之間不知要從何說起。躺在另一張床上的老爺爺不停發抖，眉目緊緊揪縮，身體彷彿承受著巨大的痛苦。

「老爺爺，都是我不好。你要振作啊。」綠珠掉下眼淚，低聲喊道。

還不明白怎麼回事的黑輪，這才側過身來，一看見父親，連忙掙扎起身。「是誰害的？爸爸，你怎麼了？」

這十幾年來，一直躲著父親，沒跟他說過半句話的黑輪，萬萬沒有想到再見到父親，竟是這個樣子，一下子心頭浮現前所未有的恐懼與憂傷。他就快要失去父親了。

那個想法，把他過去隱藏在內心最深處的聲音喚醒。過去這些日子，黑輪一直躲他遠遠的，不敢跟他見面。雖然黑輪告訴過自己，有朝一日一定闖出一番事業，讓父親對他刮目相看，如今這些都不可能了。

此刻他回到自己家裡，屋子裡的一切還是那麼熟悉，這種感覺好幾次來到他的夢裡。黑輪撐起身體緩緩靠近父親身邊，握住他的手，流下眼淚。

「爸爸。」

晚上，老爺爺醒來了。

「老伴，你要振作啊。」老奶奶含著眼淚，在他耳邊輕聲說道。

老爺爺仔細看著圍繞在身邊的家人、六木、綠珠，虛弱地說了聲：「蘇摩族靠你們了。」看著雙手緊緊握住他的黑輪，在微笑中閉上雙眼。

「爸爸，您放心，我一定不會讓您失望的。」

第二天清晨，老爺爺過世了。他們把他葬在黃竹林邊的山坡地上，處理完後事，黑輪告訴六木，他會帶他上蒼鷹崖。「那邊對我來說，再熟悉不過了。」

窗外的街道上，傳來許多吵鬧的人聲。

「發生什麼事了？」老奶奶問。

綠珠從門外喘吁吁地進來：「是合歡城那邊過來的居民。聽說血蝠王跑去城裡，抓了許多人吸他們的血，居民嚇得驚慌四散，很多人逃來竹里鎮這邊避難。」

黑輪說：「為了要奪走鷹卵，牠開始拚命吸食人血，好增強牠的功力。牠應該很快就跟來了吧？我們可要小心點。」

屋後的風帆再度展開，小屋重新升空，歷經三天三夜的飛行，他們終於回到蘇摩山腳下。

老奶奶開門走出來，地面放眼望去都是裸露的岩石，岩石之間遍佈大小不一的礫石，沒半棵樹，只有幾叢稀疏的野草，看起來非常荒涼。幾處殘破的屋牆下躲著老鼠，看見有人走過來，趕緊四散逃竄。

「十幾年這樣就過去了。」老奶奶把肩上的羽衣脫下：「

記得把飛天羽衣帶去。」

「你們先回到竹里鎮等我們，那裡比較安全。」六木說。

「就照王子說的吧。」黑輪把羽衣還給母親：「這次巨靈石出現後，五色鷹很快就過來，到時候我會帶回來一件新的飛天羽衣。」

14

他們朝蘇摩山出發。沿途上百棵巨木只剩下乾枯的樹幹，岔出的枝枒像怪手指向天空。許多大大小小的石塊擋住去路，他們必須攀爬而上，才能繼續往前。

「這都是那次巨靈石裡的岩漿噴濺出來的後果。」黑輪說，眼睛望著山頂上空。

「你看，」他指著山頂後方：「天上那幾朵雲。」

六木順著手指的方向看去，映照在白雲身上的彩色光芒，不停交織變換。

「五色鷹就在那山頭附近徘徊。那是牠們羽毛反照的光，投射在雲層上面，才會出現這種景象。」黑輪開心地說：「看

來那批鷹卵已經順利孵化出來，太好了。」

他們終於攀上蒼鷹崖。傳說中的彩霞湖，如今只剩遠處一窪色澤濃綠的深潭。他們往低窪的地方走去，黑輪邊走邊回頭說：「我們現在站立的地方，以前是一片湖水，這裡變化太大了。」

兩人來到潭邊，文風不動的水面，隱約透露出不安的氣息。好像有怪物藏在湖底，只要有東西掉進去，立刻吞噬不見。

「好安靜。這種安靜真教人不寒而慄。」黑輪說。

「你在這裡等我。」六木說。他想起老奶奶告訴他的話：「只要放鬆，心裡的力量就會出現。」他深呼吸一口氣，張開雙手，兩隻手臂像五色鷹的翅膀一樣，輕輕搧了幾下，飛上天

去。

六木飛到潭面，發覺潭心濃綠匯聚的地方，隱隱閃動幾絲五彩的光，「嗯，應該就是這裡了。」

他飛近一些，舉起五色杖朝下一指，心裡默想著：「上來吧，巨靈石。」念頭一出現，潭面微微起了震動，四周的山壁隱隱傳來轟隆聲，聲音愈來愈大，震動也開始加劇，潭面的漣漪掀起一陣陣波濤，像一鍋激烈搖盪的水，隨時要潑灑出來。

「小心哪。」潭邊的黑輪趕緊退到幾百公尺遠的地方。

六木俯瞰遠處的黑輪，只剩一個小小的人影。他繼續用五色杖指住潭面，只要一全神貫注，馬上可以感覺一股強大的力量，從身體裡流出，通過五色杖源源不絕地傾注下去。

那力量愈來愈強，潭面的綠波不停湧盪，激起的浪濤足足

有兩層樓高，往四周推散出去。潭心先是冒出一個小點，漸漸地露出一塊不斷上升的錐狀物體，一座小山不停往上堆高，底下的湖水跟著翻騰上來，陽光下，水波現出五彩顏色。

六木俯瞰那座由許多塊碧綠岩石堆積而成的小山，像玉石般閃耀翡翠光芒，心想這就是巨靈石了。

這時湖面陡地衝出一團黑影，朝六木頭上噴出一道黑焰，「小心！」岸邊的黑輪大叫，六木快速閃過黑焰，一個不留神，差點翻落水中。

他及時在空中踩住，站在他面前幾十步外的血蝙蝠嘿嘿冷笑：「怎麼？這樣就不行啦？」

「你休想奪走鷹卵！」黑輪激動地大喊，彎下腰撿起兩塊石頭扔過來。血蝙蝠躲也不躲，翅膀一搧，兩顆石頭化成灰粉掉落。

「就憑你這傻瓜？哼，你吃的教訓還不夠？」血蝙蝠張口，朝湖岸噴出一條長長黑焰，六木趕緊伸出五色杖，沒想到這黑焰的力道既猛又強，把湖水激射出三人高的水浪，六木手中的五色杖被震得上下擺盪，他緊緊抓著，掌心劇痛得受不了，稍一把持不住，五色杖從手中鬆脫，往湖面直直墜落。

他一個翻身，向下俯衝飛去。快要抓到五色杖的同時，又一道黑焰搶在他前面趕到，火舌一捲，五色杖燒了起來。六木一驚，冷不防又被另一道黑焰襲上肩頭。

「唉呦！」六木疼痛難耐，整個人摔進潭裡。

落水的那一刻，眼前的世界整個翻轉過來，天空在腳下，頭頂是他即將沉落的潭面。完了，這一切都完了。這個念頭使他倒插入水中的一瞬間，整個人緊緊繃住，鼻子連嗆了兩口水，冰冷的潭水幾乎麻痺他的心臟，喉頭一緊，難受得想咳也咳不出來。他眼前一黑，迅速沉落更深的水底。

不行，我不能這樣。六木掙扎著往上，愈是掙扎愈往下沉。忽然他想起老奶奶的微笑，那聲「放鬆就好了」的叮嚀又在耳邊響起。他緩緩吐出憋在心底的悶氣，一顆顆透明氣泡不斷上冒的同時，腦子裡一下子出現許多影像，弟弟與真妮、爸爸媽媽、金雄銀雄那對兄弟、學校的老師與同學，還有曾經被爸爸毒打、到了晚上就變成貓的自己；揹著綠珠跑了兩天兩夜的自己……。

六木安靜看著，這些影像一一從流盪五彩光色的水底閃過。他這才發現，原來水底蘊藏這麼多迷人的光彩，他也看到那些傳說中的五色魚，安靜地在水底游動，有的還游過來睜眼看著他。漸漸地整個人往上漂浮，頭頂的光線愈來愈亮，他知道即將浮出水面，張開雙臂，手掌上兩隻鷹瞬間衝出。

從水面竄出的五色鷹，迅速撲到血蝙蝠額前。血蝙蝠一驚，立刻噴出兩道黑焰，兩隻鷹陡地竄高，一下子逃得老遠。

「你沒死？呵，沒了五色杖，看你還有什麼本事？」血蝙蝠得意地乾笑，看著一身濕淋淋的六木。

六木雙腳一沉，身體裡一股力量分別竄向兩隻腳底，再把腳板輕輕掀高，兩隻火龍竄出，撲向血蝙蝠。

血蝙蝠張開雙翼，將身體包覆成一團黑繭，在空中上下彈動，火龍噴出幾次五色焰，那顆繭絲毫不見動靜。這時身後的巨靈石已經缺裂一個開口，岩體隱隱透出赤紅火光，一顆顆五

彩鷹卵隨岩漿溢流四處噴濺，掉落湖裡。

「火龍，趕快回來！」六木大聲喊，兩隻火龍馬上回頭，張口舔食四處流竄的岩漿，像在吃什麼美味的食物咂咂出聲。

六木接著撮尖雙唇吹起口哨，沒多久，蒼鷹崖上方出現一百多隻五色鷹，由手上飛走的那兩隻帶領俯衝下來，紛紛鑽入水中啣起鷹卵，飛回蒼鷹崖。一時天空跟水面呈現撩亂繽紛的五彩，脫落的羽毛緩緩飄下，黑輪趕緊彎下腰一一撿拾。

五色鷹在湖面上下來回飛舞，突然間包覆血蝙蝠的黑繭猛地爆裂開來，空中一團黑煙迅速擴散，血蝙蝠再次吐出強大的黑焰噴向天空，氣勢之大，整個天空被燻黑的烏雲遮去一半，幾隻五色鷹遭黑焰燒及，發出哀痛的叫聲，摔落湖面。

「呵呵，太好了，原來那些鷹卵藏在蒼鷹崖那邊，不跟你

們玩了，再見！」

血蝙蝠轉頭準備飛走，六木趕緊再吹響口哨，那兩隻鷹先飛出來，十幾隻五色鷹跟在後面。牠們包圍住血蝙蝠，血蝙蝠張口一噴，領頭的兩隻靠得太近，翅膀著了火，仍然繼續往前衝。

血蝙蝠沒料到這兩隻這麼勇猛，驚訝之餘，準備噴出更強的黑焰，兩隻全身著火的鷹已經撲來面前，張開鷹嘴一啄，將血蝙蝠的眼珠子啄了下來。

「啊——」

牠痛苦地大叫，搧出翅膀遮住臉，和著火的鷹一同往下墜落。十幾隻鷹聚攏過來，伸出爪子抓住血蝙蝠的四肢，像抬犯人一樣往蒼鷹崖上飛去，愈飛愈高，後來只聽得空中一聲淒厲

的慘叫，一點小黑影直直掉落蒼鷹崖後方。

六木回頭，兩隻火龍將噴濺的岩漿吮吸乾淨，身上散發飽滿的光澤，巨靈石慢慢安靜下來，重新回復原來的玉石光彩。六木這才仔細看了湖面一眼，波動的水光裡，閃耀著迷人的五彩。那兩隻火龍轉過身，倏地鑽進六木腳底，消失不見。

六木飛到湖邊站定，黑輪已經撿滿一袋五色鷹的羽毛。四周的山壁、岩石被湖光一映照，像神蹟現身一般，很快冒出嫩芽，才幾個眨眼，這些綠芽長出細莖，生出枝葉，沒多久已經抽長成十幾公尺高的大樹。他們靜靜注視這變幻萬千的景象，不過幾分鐘的時間，眼前出現一大片美麗的森林。

「真不可思議啊。」六木讚嘆地說。在他們四周，綠意盎然的森林與湖面的光彩相互輝映，靠近蘇摩村那邊的岩壁，清澈的泉水潺潺往山下奔流。

「那隻血蝙蝠，應該被百蛇窟裡的毒蛇啃光了吧？」黑輪抬頭望著遠方的山崖說。

「我們回去吧。」

夕陽即將沉落的彩霞湖邊，兩人的身影消失在森林盡頭。

15

三天後，老奶奶的屋子重新回到蘇摩村，消息傳佈得很快，不到一個禮拜，散居在各地的蘇摩族人都趕回來，歡送蘇摩王子離開。

「這段時間謝謝你們的照顧。」六木說：「現在，該是我回去的時候了。」

「要是你又遇到不順心的事，歡迎您回來我們這邊。」綠珠說。

「我會記得你們的。這裡就好像我的另一個家，我會把它放在心上。」

「我們才應該謝謝您呢。」老奶奶說：「如果不是您，我們都無法回來蘇摩村，您要保重啊。」

「再見了，我會好好照顧這個家，不會再讓大家失望了。」黑輪揮手說，身邊的熊熊跟著搖尾巴，像是在跟他說再見。

「再見！」六木跟他們一一道別，「再見了，熊熊！」

他回頭往蘇摩村外走去。看著手掌上兩個灼黑的小點，雖然那兩隻鷹已經消失在彩霞湖底，六木卻覺得牠們仍然住在心裡某個地方，繼續守護著他。他的心裡滿溢著溫暖，腳步更加輕盈、沉穩，呼吸跟著舒暢起來。

六木走著走著，往前方跑了起來。

一路上呼呼的風不斷吹向身後，夕陽沉落在山頭那邊，星星一一現身。才跑了一會兒，另一座山頭隱隱透出晨光，白天

又將到來。六木在陽光下繼續奔跑，終於，當夕陽的餘暉再次鋪上前方的草地，那條熟悉的河堤出現在眼前。

六木放慢腳步，臉頰紅潤，目光望著天邊的彩霞。堤岸邊野花盛開，空氣中飄著淡淡花香。他深呼吸幾口，感到通體舒暢，微風溫潤地拂過臉龐。

他往前走去，一個熟悉的身影坐在那裡，是弟弟。

「六木——」一開始，他不敢相信自己的眼睛，仔細一看，真的是哥哥回來了。他站起身，奔到哥哥面前。

兩人面對面站立，說不出話來。

「你長高了。」許久，六木開口。想必弟弟有許多話想問他吧。

「嗯。」不知道要說什麼，聲音有些哽咽的弟弟，搔搔頭說：「你好嗎？這半年多來？」

「嗯。爸爸媽媽都還好吧？」

「他們很好，不過他們很想你。自從你離開後，爸爸經常一個人來這邊發呆，有時坐在溪岸邊自言自語說：『真的有房子飛下來，把他載走？』」

弟弟又說：「你離開後不久，爸爸就沒在金雄他們家的工廠上班了。後來聽說他們工廠在外面欠了不少錢，許多員工有兩三個月沒拿到薪水，沒多久就倒閉了。你還記得被他們兩兄弟欺負的真妮嗎？後來她父母親來接她回家，她爺爺告訴他們，你幫過真妮，她爸媽說要好好謝謝你，剛好他們也在找一個能照顧爺

爺，順便幫忙整理庭院的人，現在，爸爸就在她爺爺家裡工作。」

六木望著河堤遠方，想起那天夜裡一個人在這邊奔跑，如今又回到原來的地方，好像這中間經歷的事都不曾發生過。

「真像一場夢啊。」六木喃喃說著。不過弟弟似乎沒聽到，他拉著哥哥的手，轉身往家裡的方

向走去。

「走，我們趕快回家吧。爸爸媽媽一定很高興。」

夕陽將要下山，他們像在追逐天空飛動的晚霞，河堤上，兩條人影奔跑起來。

九歌少兒書房 216

從天而降的小屋

著者	張經宏
繪者	徐至宏
責任編輯	陳逸華
創辦人	蔡文甫
發行人	蔡澤玉
出版發行	九歌出版社有限公司 台北市105八德路3段12巷57弄40號 電話／02-25776564・傳真／02-25789205 郵政劃撥／0112295-1
九歌文學網	www.chiuko.com.tw
印刷	晨捷印製股份有限公司
法律顧問	龍躍天律師・蕭雄淋律師・董安丹律師
初版	2013（民國102）年10月
定價	**260元**

書號　0170211
ISBN　978-957-444-906-4
（缺頁、破損或裝訂錯誤，請寄回本公司更換）

國家圖書館出版品預行編目資料

從天而降的小屋/張經宏著; 徐至宏圖 . --
初版.--臺北市 : 九歌, 民102.10
面 ;　公分. -- (九歌少兒書房 ; 216)
ISBN 978-957-444-906-4(平裝)

859.6　　102018056